見つめて——目次

―目次―

装幀　中原達治

1章　「光」——二つの光源

人は「目的地」だけを知っていればいいのか

このエッセイを、私は一つの体験の記憶から始めたい。

今から二十年近く前、私は初めてシナイ半島の砂漠に入った。プロテスタントの信者さんが多いツアーに加わって、兵員輸送車、つまり無蓋《むがい》のトラック、で移動しながら聖書を勉強し、夜は寝袋で荒野に寝る体験をすることになったのである。

夜中に私は眼を覚ました。自然が呼んだのである。月のまったく見えない夜であった。私の寝袋は人の腰くらいの丈《たけ》の茂みの根本に置かれていた。私は懐中電燈を手に立ち上がった。星あかりを頼りに眼をこらして見ると、背後には僅《わず》かに薄黒い岡が見える。私は百歩行って用を足《た》し、そこから岡をめがけて百歩戻れば寝袋の所に戻れる、と判断した。

百歩はかなりの距離だったので、私は五十歩行ったところで懐中電燈を消して振り向き、それから慄然《りつぜん》とした。私は自分の寝袋の所に戻れないことを発見したのである。漠然とした岡の稜線《りょうせん》などは、とうてい目標にならなかった。後で考えると私は何も慌《あわ》てることはなかったのだ。あと四時間ほど砂の上にひっくり返っていれば、東の空は僅かに白んで来るだろう。少しでもあたりの様子が見えれば、私の寝袋の位置も見えるはずであった。それに砂漠は夜冷えるとは言っても、凍《こご》え死ぬほどの寒気ではない。

それにもかかわらず、私は恐怖に捉《とら》えられた。自分の居場所に戻れない、という不安はかつて体験したことのない、動物的な恐怖だった。いや、動物なら、こういう場合何なく自分の巣に戻るものだろう。

何の灯《あかり》も目標物もない荒野や砂漠では、人は二つの光源を必要とすることを私はその時肝《きも》に銘《めい》じたのであった。一つは自分の出発した地点に置くためで、もう一つは今自分がいる足元を照らすためである。

私は五十歳を過ぎてから、再《ふたた》びサハラ縦断の旅をした。サハラの中心部は、この上なく優雅なサーモンピンクをした砂漠だが、北部にはしばしば岩漠《がんばく》や土漠《どばく》、あるいはそれらの混合した状態が見られる。

岩漠にはあちこちに大きな亀裂《きれつ》がある。その深さがどれだけかよくわからないものも多い。夜もし懐中電燈を持たずに歩いたら、私は間違いなくこの亀裂に落ち、たとえ僅か一メートルの深さのものでも足を骨折するだろう。そしていくら自動車で移動しているとは言っても、砂漠で足を折るということは、都会で足を折るのとはまったく違う危険と苦痛を伴《ともな》うことになる。

もし砂漠の中央部の、一四八〇キロに及ぶ完全な無人地帯でこうした怪我《けが》が発生すれば、その人は添《そ》え木を当てるという程度の応急処置を受けるだけで、多分車で四日くらい走り続けなければ、どうにか痛みを止めて貰《もら》える方途《ほうと》を持つ文明社会に到達しないのだ。

砂漠の旅では、あらゆる人間は一応何かのために働くという役目を背負っていた。私のように何の特殊技能も持ち合わせない人間でも、自動車の運転手と炊事《すいじ》係という二つの雑役は期待されていた。だから一人の運転手が働けなくなる、ということは、隊の計画を根本から狂わせることになる。

人はすべて、自分の出発した地点を肝に銘じて明確に、常に覚えていなければならない。人は自分の暮らしの原型、出発した地点の風景を、常に心の視野のうちに納めて置くか、せめて知識としてでも知っていなければならない。目的地だけわかっているのではいけないのだ。

「二十四時間、明るい」ことは当たり前のことではない

考えてみるとすべてのものには原点がある。植物には根や茎《くき》があり、葉がその生理に従

って働いているからこそ、その先端にみごとな花が咲くのだ。すべてそのスタートは根なのである。

旧約聖書の『ヨブ記』は言う。「私は裸で母の胎を出た。裸でそこに帰ろう」(1・21)

しかしふと気がつくと、日本人はいつのまにか根なし草になっていた。人間の出自《しゅつじ》をまったく考えない人になっていたのである。

生まれながらにして空調のある家に住み、生まれてこの方、食べ物はいつでもスーパーかコンビニに売っているものと思って暮らすようになっている。当人も周囲も、学校は高校・大学まで行くのが当たり前のように思う若者だらけになっている。道は地球の生成の時から舗装《ほそう》されているように見え、悪路などというものはどこへ行ったら見られるのか見当もつかない。どこへ行っても一年中、二十四時間、上質の電気が供給されるのは当たり前で、それが途切れるかもしれないという不安など抱《いだ》いたこともない。

ある東大教授が理科系の実験をしている学生に言った。

「君たち、もし実験の途中に停電したらどうなる」

すると学生は、終戦の時、中学三年生くらいだった教授を笑った。

「先生、頭が古いなあ。今どき停電なんてありませんよ」

それから十年もせずに阪神・淡路《あわじ》大震災は起きた。その教授がその時、「ザマアミロ」と思ったかどうか私は知らない。私が彼の立場だったら、私ははしたない性格だから、被災者の苦痛への深い同情は別として、確実に内心の一部でそう思ったであろう。しかし学生たちは、その時でも、教授の心配はごく普通の現実的なものだったとは思わなかっただろう。阪神・淡路大震災のような天変地異は人間が一生に一度遇《あ》うか遇わないかの稀有《けう》なもので、それはさらに優秀な構造物を作れば解決する問題、と受け止めたであろう。

私の漠然とした体験からだけ言うと、地球上でまだ電気を供給されていない土地は実に多いのである。

一九五九年九月初め、私は二十代の終わりだったが、当時花形の航空会社だったパン・アメリカンのジェットの一番機で、世界早廻《はやまわ》り飛行というものを経験したことがある。これは朝日新聞社の企画で、今なら「六十一時間も飛行機に乗り続けるなんて堪忍《かんにん》してください」と言うところだが、まだ体力も好奇心も旺盛《おうせい》な年頃だから、気楽に行ってみようと思ったのである。今なら乗り継ぎ時間を別とすると、約半分の三十二、三時間程度で北半球は一廻りはできるのではないかと思う。しかし私はとにかく二十代の終わりに、「地続きの地球」をぐるりと上から見たという実感だけは手に入れたのであった。

もちろん四十数年前と今とでは、地球の状態は明らかに違う。アフリカのかなり多くの土地で、文明化と近代化は、首都周辺だけではなく、地方の都市にも波及していることは私のような素人の眼にも明らかである。

しかしまだ二十代の私が機上から見て驚きと共に感じたのは、地球は実に原始的に営《いとな》まれているということであった。乾いた土地は途方もなく乾き続け、夜になれば大地は何時間飛んでも執拗《しつよう》な暗闇の中に蹲《うずくま》っていた。

よく文学的表現として「灯が瞬《また》く」と言うが、電燈の灯は、よほど水蒸気が多い状態でもなければ瞬かないものである。しかし私が見た地上では、弱々しい灯はあちこちで瞬いていた。ということは、その光源は電力ではない、ということでもあった。それが焚《た》き火だったのか、蠟燭《ろうそく》やオイル・ランプやガス・バーナーのような本火を使う照明だったのかはわからない。

しかし突如《とつじょ》として香港《ホンコン》や東京の上空に来ると、大地は燃え上がるように明るくなったのである。まだ東京オリンピック以前なのだが、日本はすでに世界的レベルの電力消費国家に成長していたのである。

それから約四十年経っても、世界の都市のすべてが、まだまともな電力の供給を受けているとは言えない。もちろん首都には必ず電気は引かれているけれど、第二、第三の都市になると電気の供給は完全に機能していなくて、始終停電する国は多いのである。

停電の理由はさまざまだ。悪路で燃料が運べない。発電機が壊《こわ》れてパーツを注文したのだが、まだ届いていない。発電量が足りないので町を半分ずつ奇数日と偶数日とに分けて電気を供給している。従って一日置きに停電になる。あるいは、電力が足りないから暗くて、私のような視力のよくないものにはとても本を読める明るさにはならない。電球の質が悪いので始終切れるから、普段はできるだけつけないで電球の命を延《の》ばすようにしている、など理由はさまざまである。

すべてのものには原点がある

そしてまた私は、光源についての私のもう一つの体験を思い出してしまう。それは一九九〇年代の半ば、私が中央アフリカのコートジボワールの田舎《いなか》を訪れた時のことだ。その村には二人の日本人修道女が、識字教育や看護のために住み着いており、私が友人たちと組織した海外邦人宣教者活動援助後援会というNGOは、そこに椰子《やし》の葉で葺《ふ》いた小さな教室を建てるお金を出していたので、私はその現場を確認しに行ったのである。

授業は毎夜八時頃から始まった。十歳の少女から四十半ばの男性まで、雑多な生徒たちである。小屋には一枚の白板があってその両隅にケロシンのランプが音を立てて燃えてぃた。白板の付近はどうやら明るいが、最後列でノートを取っている男の手元は、ほとんど暗闇《くらやみ》と言っていいほどだった。

私はシスターに尋《たず》ねた。

「シスター、あのランプはいくらくらいするんですか？」

それは中国製で、値段は私が旅先の財布の中身で買えないほどではなかった。

「じゃ、私がもう二つ買って寄付したら、教室はもっと明るくなりますね」

シスターは答えた。

「いいえ、そんなことをしてはいけませんよ。だってあの生徒たちは、月のない晩には闇の中を四キロも五キロも歩いて帰るんです。闇夜でも歩けるように、教室の中も暗くしておいてあげなければ、かわいそうです」

この程度のピントの狂った思いやりが、私のもてる想像力の限界なのであった。人は本来は、月夜の夜だけ明るい道を歩き、闇夜には暗闇を歩いていたのである。

一九八三年のサハラ縦断の間中、私は文明とは何かを考え続けていた。私は学者でもないから、素人の単純素朴な印象とあてずっぽうの答えを、気楽に楽しむことができた。

私は情《なさけ》ないことに文明についてたった三つの定義しか思いつかなかった。

その一つは「夜の時間を使えること」であった。他の二つは「ほぼ完全な水平の面が与えられること」と「風や埃《ほこり》や砂などが体に当たらない人工的な空間を確保できること」であった。

砂の海に乗り出してから、私が僅かに確保していた平面といえば膝《ひざ》の上のライティング・ボードだけであり、それも決して厳密な意味で水平ではないことに、私は奇妙な疲労感を持ち始めていた。また女性は私一人だったので、二台の自動車のうちの一台の中で寝ることができる、という特別扱いを許されていたにもかかわらず、私はいつも戸外にいて風か砂かが肌に当たる感じを意識しており、それが落ち着いてものを考えられない理由として、微《かす》かな苛立《いらだ》ちに繋《つな》がっていた。ことに思考をまとめて文章を構築しようとするような作業には、人工的な室内の静かな空気が必要であった。戸外は私の思考能力を奪っていたのである。

動物には現在しかない。しかし人間は時間を経過の中で考えられる。人間がそもそもどこから来たのか、つい先頃までどんな生活をしていたのか、それはそれほど古い時代の話ではないのだ。今でも私たちはその姿を現在の生活の中で見ることのできる土地を、地球上にいくらでも発見することができる。

その原点の土地に私は読者をご案内したいのだ。

2章　「道」——砂漠で溺死《できし》する

私たちはどこを歩いていくのか

「人間はどこを歩きますか？」

と、もし私が質問したとすると、たいていの人は変な顔をするであろう。道は自分の家の前に見えている。道は舗装されたものなのだ。農道でさえ最近は舗装道路である。

道は自分の家の前からもう始まっていて、どこかに続いている。いや言い方を変えれば、もしその人が本州にいるなら、本州中のどこにでも歩いて行ける。そういう言い方も不正確だ。今ではもうフェリーに頼らなくても、本州、北海道、四国、九州と、その近くの島々は橋やトンネルで結ばれているから、歩いても車に乗ったままでも行ける。

しかし、世界中がそうばかりではないのだ。私は先日カムチャッカから帰って来たばかりなのだが、そこではしばしば私たちが訪れる先についての会話が交《か》わされた。ロシアの地名は覚えるのがむずかしい。私は何でその地名が会話に上り、私たちはそこで何をするのか、よくわからないまま聞いていることが多かった。多くの場合、それは温泉であったり、火山の眺《なが》めのいい土地であったりするのだが、私は当然のことのように、そこまでは車で何時間かかるのですか、という質問をした。するとしばしば、ペトロパブロフスクからそこまでは道がないので、ヘリで行かなければならないのだ、という答えが返って来る。ロシアのヘリというのは、私も何度か乗ったことがあるのだが、オウム真理教が購入していたというあの旧ソ連製のヘリである。

たとえ何時間かかろうと、首都、ないしはそれに準ずる都市から道が続いていない町というものが、現世に存在するということを、日本人はなかなか認識できないのだ。「道がない」という言い方はしかし曖昧《あいまい》なものである。大地がある限り、道はあるであろう。しかし数百キロの距離を移動する場合、そこには一応の常識的な条件が備わっていなければならない。まず四輪駆動車なら通れるか、途中にガソリンの補給方法があるか、などである。他にも道が洪水で水没していないか、渡れないほどの深さの川はないか、大きな倒木が道を塞《ふさ》ぐようなことはないか、道が車が通れないほどの繁《しげ》った森や林の中に消えていないか、などである。倒木は自然のものであれ、ゲリラなどが車を襲撃する時の手段として人為的に倒す場合であれ、一旦《いったん》倒木の前で止められたら、それを輪切りにするための鋸《のこぎり》を持っているか、大木をずらして道を開けるか、どちらかの手段について自信がなければ、その道は通ることができない。

制約は、人間ではなく自然がまず作った

日本人の考える道は、飛び石スタイルのものをも含めて、普通私たちの靴底が、決して土に触れなくて済むようになっている。昔の名園などには小砂利《じゃり》の道が今も残されているが、それはぜいたくでその感触を味わうためだ。

人間は、現実の交通手段としての道も、人生の哲学を求めるための道も、自分で選べるように思っているが、実はそうではない。すでに私たちは道に歩かせられているのである。

ハイカーでもなく、登山家でもない私が、自然の道について語ることなど、ほんとうは許されないかもしれない。しかし私は今までにずいぶん道のない土地を旅した。サハラの北部の砂漠ではない岩漠地帯では、一日に二十キロ近く道のない岩の台地の上を歩かねばならなかった。もちろん私は空身《からみ》に近い身軽な姿だった。食料や身の回りの品は、ロバを連れた別動隊が、その夜の宿営地まで運んでくれていたし、私たちはトアレグ族のガイドを雇《やと》っていた。彼は十一歳の時から父親の後についてこの荒涼とした無人の荒野を歩いて地形を熟知していると言ったが、それでもなお、最新の衛星写真による地図を携行してい

て私を驚かせた。しかし道のない空間は、実は恐ろしいものなのである。

怖いかどうかは別として、私たちは古来どこへでも自分の行きたい目的地に自由な方法で自由なテンポで行く自由があった。人もまばらな時代なら、象に乗ってニューヨークに行くのも自由なのである。しかし町ができ人口が増え、人々が電車や自動車という乗り物を使うようになってから、勝手気儘《きまま》ということは許されなくなった。そこで道路を作り、そこに交通標識その他交通のルールという人為的な制約を制定する他はなくなったのである。

私が初めてアメリカで運転免許証を取ったのは、今から四十年近くも前なので今では記憶も定かでないのだが、その時「運転の手引」のようなパンフレットをもらい、そこに、次のような主旨が書いてあった。

町ができたので、人は自由な乗り物で、自由なルートで目的地に到達するということが許されなくなった。故《ゆえ》に交通規則に従うという義務が発生し、それに必要な知識を免許証の発行ということでチェックするようになったということであろう。それゆえ市民の皆さんは、それに協力し、規則を守ってもらいたい、というような内容だったと思う。

つまり人間は、自由に歩けなくなったから、道を作った、という面もあるのだ。しかし人間はこの制約について、あまり本気で考えたことがない。

制約は人間だけでなく、まず自然が作った。A地点からB地点へ行くのに最短距離を行きたいのはやまやまだが、途中に山があったらそれを越えて行くのは大変だ。その時は迂《う》回《かい》する。僅《わず》かな高低くらい、足の達者な人ならなんでもないだろう、と思うが、それでも重い荷物を背負っている人は、やはり僅かな坂でも避けたいのである。

中近東からアフリカの荒野を旅しているうちに、私は昔ながらの隊商路というものは、涸《ワ》川《ディ》と呼ばれる普段はまったく水のない涸《か》れ川の川底なのだ、ということを知ったのである。つまり川が当然のことながらその付近で一番低く、土地の高低の少ない地点だからでもあり、多くの場合、貴重な木陰を提供してくれるアカシアが生《は》えている場所だからであった。涸川は一年のうち三百六十日くらいはまったく水が流れない。川底は乾いたキナコのようなぽくぽくの砂ばかりだ。雨期は場所によって、三カ月か四カ月かあるのだが、それでもその間の九十日間か百二十日間、ずっと降っているわけでも、数日おきに降るというわけでもない。その間のたった三日とか四日とかに、ほんの一時間か二時間くらい降るのである。

砂漠には、水を吸い込む砂はない

私は一度シナイの砂漠でこの珍しい雨に遇《あ》ったことがある。私たちからみれば小雨程度の雨が、それでも二、三時間、降ったり止んだりしたのである。

私が思いついた不都合は、雨のお陰《かげ》で野営ができなくなった、ということだけだった。幸いにも近くに有名な古い修道院がある。私たちはそこへ逃げ込み、歴代の修道士の骸骨《がいこつ》が積まれている納骨堂の隣みたいなだだっぴろい部屋の湿ったベッドを辛《かろ》うじて与えられた。もちろん風呂も暖房も洗面所の鏡もない。マットもしみだらけで気味の悪いものであった。

翌朝、私は修道院から見える崖《がけ》に、突然小さな滝ができているのを発見した。前日にはなかったものであった。それを見て、私たちを乗せて来た兵員輸送車のドライバーが慌《あわ》てた。早くここを脱出しないと危険だという。何が危険なのか私にはてんでわからない。何しろ元軍用車なのだから古くはあっても車高は高く車体はがっしりしており、ドライバーは元兵士としてこのあたりの荒野をかけめぐった、地理にも精通したベテランと聞いている。

私は砂漠の砂、そのものを知らなかったのであった。子供の頃、お砂場や海辺で遊んだ時の記憶しか砂に関するものはない。そうした砂は、水を注《そそ》ぐと無限に水を吸い込んだ。伯父《おじ》の一人が、千葉の海辺に近い砂地に家を建てて住んでいた。母は「兄さんのところは砂地だから湿気《しけ》なくて健康にいい」と言っていた。それが日本人の考える砂であった。

しかし荒野の砂は違う。荒野にはさまざまな段階があるが、少なくとも砂漠と土漠と岩漠に分けることはできる。さらに砂漠と土漠との組合わせ、土漠と岩漠の混合もある。

こうした土地の砂は水を受けると、表面がすぐセメント状に固まり、後から降って来る雨を染《し》み込ませないようになる。水は正確により低い地点を求めて集まるのだから、普段は水一滴ない涸川に茶色の砂煙を上げて押し寄せる。あらゆる低い地点に降った雨がすべてこの涸川に集まるのだから水嵩《みずかさ》はたちどころに増え、それは、恐ろしい泥流を通り越して、時には水の壁になって流れ下り、押し寄せる。こんな時、何も知らない徒歩の旅人（そんな人は今でもいくらでもいる）、ラクダやロバを引いた商人、観光客を乗せたバスなどが涸川の川底の道を走っていたら大変だ。彼らは奔流《ほんりゆう》に流され、砂漠で溺《おぼ》れるのである。天気予報か警報はでないの？　と私に聞いた人もいる。数百、数千キロのかなた、無数の涸川のある土地は、ほとんど無人の世界なのだ。気象観測の據点《きよてん》もない。そもそも電気がないから、観測そのものもできないし、その結果も遠隔の地に送れない。

気象観測も予報もない上流に雨が降っても、下流の旅人はカンカン照りの灼熱《しやくねつ》の大地をのんきに歩いている。上流の雨のことなど知るよしもない。そこに突然泥の壁が押し寄せて来るのだから、彼らが濁流《だくりゆう》に飲まれて溺死する危険も決してないとはいえないのである。

アカシアの道、羊たちの道、そして彼らの道

年に何度か数時間でも雨が降るのだから、涸川にはこの乾き切った土地で生きることのできる唯一の木と言ってもいいアカシアが生える。大きなものは高さ三メートルくらいにはなる。上空から見ると、どす黒い緑に埃《ほこり》をかぶったアカシアが、虫ピンの頭のように点々と並んでいる。その点をつなげば、涸川の流れが確実に推定できる。

僅かではあっても、アカシアの木の下は貴重な木陰だ。だから私たち旅人は吸い寄せられるようにそこに集まる。頭巾《ずきん》と寛衣《かんい》の砂漠の男たちは、絵になるポーズでその下に寝そべり、茶を飲んだりタバコを吸ったりする。しかし人間が集まる場所なら爬虫類《はちゆうるい》も集ま

るのだ。サソリやトカゲは自分で体温を調節できないから、彼らも木や石の下にいる。人間より先客である。サソリに嚙《か》まれない方法は、動かした石の下には座らないことだ、などと教えられるのである。石の下は涼しいからサソリはそこに集まっているというのだ。

どんなに涼しげに見えようとも、アカシアの下には決して車を止めてはならない、という人もいる。アカシアには刺《とげ》があって、木の下にはいっぱい刺が落ちている。その刺がタイヤに刺さり、その時には何でもなくても、数時間後に徐々にタイヤの空気が抜けるという事故に繋《つな》がるからだ、という。

イスラエルなどに行くと、荒野の岡の上に細い横筋が無数についている。数千年に亙《わた》って羊や山羊《やぎ》たちが、短い草を食べながら歩いた道である。羊たちの蹄《ひづめ》の歴史の跡である。モンゴルに行った時には、道について新たな感覚を教えてもらった。モンゴルでは、今でも田舎の人々は移動は基本的に馬に乗ることだと考えている。もちろん最近の金持ちは水汲《く》みに行くにもトラックを使うし、四駆《よんく》に乗ることもかっこいいと考えている。

四駆のドライバーは、草原に入ると途端に車の運転の姿勢が変わる。乗っているのは車でも、馬を駆《か》っているという勇壮な気分になるらしい。

モンゴルは人口もたった二百三十万人。牧畜業者には儲《もう》けを明確にさせるのがむずかしいとあって、国の税収も乏《とぼ》しいのだという。だからお金がなくて高速道路などのインフラの整備もできにくいというのだが、実はモンゴル人にとって何で舗装道路を作らねばならないのかまったくわからないというのが、本当の気持ちなのではないかと私は邪推した。彼らにとって、大地は別に高速道路など作らなくても、チンギス・ハーンの昔と同様どこにでも最短距離で行ける彼らの道なのである。

3章　「道」――人を殺す悪路

「道はいつでも通れる」と信じていてもいいのか

道が悪い、という言葉が、日本語としては理解されても、実はほとんどの日本人には現実感がないと思われるので、もう少し補足的な説明をつづけよう。

前章でも書いた通り、道というものは、ただ人間や動物が歩くのに便利な条件を備えた線であって、それは基本的には踏み均《なら》されただけで舗装などされてはいないものである。そんな程度の素朴《そぼく》な機能しか持ち合わさないのだから、本来の道は、決して「確保され」ているものではないし「全天候」の機能を備えるものでもない。つまり常に使えるという何の保証もないのである。

私たち日本人は道について過信している。洪水の場合は水、地滑《じすべ》りの場合は土砂《どしや》、それに地震による破壊、がない限り、道は常時使用に耐えるもの、と信じ切っている。道や橋は空爆や砲撃でいつ寸断されるかもしれないから、二本の幹線道路は距離的に離して建設すべきものだ、などと考える人もほとんどいないように見える。

しかし途上国においては、道が通れなくなる理由なんて簡単なものだ。整備の悪いトラックがまったく同じ地点で同時に横転することなんて「驚くべき偶然」でも何でもないのである。

理由は明瞭《めいりょう》だ。まず事故の起きた地点の道（たとえ舗装の痕跡《こんせき》があっても穴だらけなことは普通だから）と路肩《ろかた》の間には、ひどい段差がついている。そこに古くて、シャーシも曲がったような古トラックが、積載重量制限をはるかに超えた量の積荷《つみに》を、積付けが悪いから初めから傾いたような状態で載《の》せて走って来る。

二台が同時にお互いを避けようとすると、二台とも片輪を段差のひどい路肩に落とす。するとそれだけでもともと重心が狂っているトラックは、二台ともひっくり返るわけだ。私はこういう話を作って語っているのではない。ハイチで実際に体験した話だ。現場で事故に巻き込まれて、潰《つぶ》されなかったことだけで、私たちは感謝したのである。しかしことはすぐには片づかない。

折悪《おりあ》しく、二台のトラックが同じ地点で横転すれば、レッカー車など、どれだけ遠いところにあるのかわからないから、道はまったく通れなくなる。見物人が集まるだけで復旧にはよくて十数時間、不味《まず》くすると数日かかる。

レッカー車が来る来ないの前に、事故を知らせる方途《ほうと》がないのだ。電話のある町まで、数十キロということも珍しくない。

悪路が悪路のままであり続ける二つの理由

事故がなくても道が通じなくなる理由を説明しよう。

道はしばしば雨期には長い間、つまり数カ月間水没している。雨期が終わる頃になって、やや水が引いた状態でもそれは泥濘《でいねい》の道である。タイヤが泥を練《ね》りながら掘り、次の車が更《さら》にそれを深く掘り、ということを繰り返すと、車輪によって掘られた轍《わだち》の深さは、しばしば一メートルを越える。座席に座った私の目の当《ま》たりに、道の平面だった部分が見えることもある。

これを抜けるには、最低三つのものが必要なのだ。スコップ、ワイヤー、道板《みちいた》である。スコップはこうした悪路の多い国を走る車ほど、持っていない。え？ どうしてぇ？ と聞く前に答えを考えてほしい。

それは二つの理由からだ。第一の理由は、スコップなど高価で買えないからだ。人々は今日の夕飯の食物さえもろくろく準備ができないほど貧しい。今日子供たちのお腹をいっぱいにすることが重大だ。スコップなどという贅沢《ぜいたく》な工業生産品を誰が買えるというのだ。

第二の理由は、そのような原始的な社会で暮らす人々は、泥にはまるかもしれないという架空の事態を予測する習慣がないのである。

現実にまだ起きていないことを「もしかすると」という形で予測するというのは、人間だけが持つ能力だが、それは教育によって開発されるもののように見える。なぜなら、信じがたいことだが、泥にはまることが日常茶飯事の国ほど、この予測ができないし、したがって悪路に捕まった時の準備はできていないことになる。

車が二台なら、こうした泥から抜けるには、ワイヤーで牽引《けんいん》することだ。村はどこでも貧しい農民や失業者だらけだから、男手はいくらでもあって押して貰うことは簡単なのだが、それでも重い車だと牽引がいい。しかし牽引のためのワイヤーを持っている車は僅かしかいない。ナイロンのロープなどで引くと、すぐぷつんと切れてしまう。

道板というものをすぐ思い浮かべられる人は、今では少ないだろう。道板はそもそもは巾《はば》十五センチほどの鋼鉄製の長い板に丸い穴を連続して開けたものだった。穴を開けることによって、重量が軽くなり、扱い易《やす》くなる。爆撃で攻略したようなでこぼこの土地に、短時間のうちに簡易《かんい》道路や暫定《ざんてい》飛行場を作る場合、昔はこの道板を並べて使ったのである。昔の車輌《しゃりょう》は重くなかったし、飛行機はプロペラ機がほとんどだったのだから、道板滑走路でも、どうにか使えたのかもしれない。

その道板を、普通はトラックが腹につけて走る光景が長いこと見られたものであった。しかし一九八〇年代から、道板はアタッシェ・ケースに折り畳んで入るくらいの簡便なものになった。もちろんこんな便利なものを、貧しい土地の人たちが持っているわけはない。

ぬかるみに嵌《は》まったら、タイヤの後ろに道板を敷く。道板がなかったら木の枝、材木、むしろ等をさしこんで、必ずバックでゆっくりと出るのが常識である。しかしこういう運転の技術も知らない人たちが、その土地にたくさんいるのだ。

町と町との実感的距離は、マイルやキロで表わされる地図上の距離とはまったく違う。日本では高速道路を使えば、百キロ離れたところにある町は大体一時間の距離だから、そこに百貨店があれば、人々は気楽に一時間ドライヴして、ショッピングに行くのである。しかし未舗装の悪路は、しばしば時速三十キロ、二十キロ、ひどい時には時速十五キロあるいは五キロでしか走れない場合もある。いやほんとうのことを言うと、五キロで走れるならまだいいよ、という人さえいるだろう。

誰もがこういう悪路に出会うと、マラソン選手のことを考える。彼らは時速二十キロ近くの速度で走るのだ。普通の人でも、時速十キロなら走れるというジョッガーはかなりいるだろう。そして私たちはこうした悪路に捕まると必ず「歩いた方が早い」と夢想するのだ。なぜ歩かないかというと、荷物があるからなのだ。空身《からみ》なら、誰もが歩いた方がずっと早いという苛立《いらだ》ちを覚えるのである。

目を、命をも奪う悪路との闘い

悪路はしばしば重大な悲劇を生む。

急病人や怪我人が、医療機関に辿《たど》り着く前に息絶えるのだ。

日本と違って、数百メートルから一キロくらいで、必ず医者の看板が見つかる国ではない。村は無医村がほとんどだ。医者とは名ばかりにしても、とにかく傷口を縫《ぬ》って止血のできる医師がいる町まで、仮に三十キロあるとしよう。日本だったら、医療機関がこんなに離れていることは考えられないが、三十キロ離れているとしても、三十分で到達できる可能性は多い。しかし時速十キロしか出ない道なら、三十キロは三時間かかるのだ。その間にも、悪路は怪我人を揺《ゆ》り上げ揺り下げ、静かに寝かせておくことはない。出血はますますひどくなる。

私が聞いたのは、牛の角で腹を突かれる少年たちの話だ。アフリカの少年たちは、のんきに学校にだけ行っていればいいのではない。牛飼いは子供たちの重大な任務だ。親たちは、ほんとうは子供も終日働かせたい。学校になど遣《や》りたくない。しかし自分たちのように読み書きも数の足算引算《たしざんひきざん》もできないようでは、将来よくないとはわかっている。だから学校には遣るのだが、子供たちは、うちへ帰ればすぐ牛を追う仕事が待っている。

牛の中には、日本の牛のように、短い角が内側に巻き込んでいるような穏《おだ》やかなものはむしろ少なかった。尖《とが》った角が外側に開いて伸びている。現実に牛飼いの少年たちは、時々こうした凶器のような牛の角に腹を刺されて、腸がはみ出るような傷を負う。

それでも村には医者はいないのだ。救急車もない。救急車の組織など作れるわけはないのだ。村には電気がないのだから、従って電話がない。電話がなければ、救急車を呼ぶ方途がない。ケータイを買ったらどうだ？　そんな僻地《へきち》にはもちろん受信のシステムもないし第一、彼らはケータイ一個を買う金で、親子七、八人が一カ月暮らすのだ。

そうした村には、ほんとうは自動車さえない。ただしそこにヨーロッパ人や日本人の宣教師がいるような場合は、彼らの小さな車で、医者のいる町まで運んでもらえる可能性はある。それが最大の幸運だ。

しかし腹を刺されて腸のはみ出た少年は、次の町に着くまで生きているのはむずかしい。苦しみ続けたまま、痛みさえも止めてもらえずに、車の中で絶命することになる。ほんとうのことを言うと、少年を殺したのは、牛ではない。貧しさ、政府の無政策、そして悪路なのである。

事故がなくても、悪路は凄《すさ》まじい埃《ほこり》を立てる。自動車が何色に塗ってあるかなどということは、走り出して二十分もすれば、大した意味を持たなくなる。窓ガラスにもボディにも、字が書ける。

埃によって眼に傷を受ける人も多い。角膜の傷が多いから、手当てを受ける前に一刻も早く抗生物質の点眼薬《てんがん》を注《さ》す必要がある。しかし田舎には診療所が仮にあっても、抗生物質の点眼薬などというものは、まずあるわけがない。放置するうちに角膜は化膿《かのう》し、失明に至る人はかなり多い。健康な人間さえまともに食べさせられない国で、失明した人を養わなければならないのだ。

道も橋も……いとも簡単に人を裏切る

マダガスカルの田舎を訪ねた時の、はずかしい思い出のことを話さねばならない。

私たちが入ろうとしたのは、まず首都から約三百五十キロ離れたフィアナランツォアという町で、ここまではかなりいい舗装道路ができている。目的地はさらにその奥、約五十キロの村である。

たった五十キロ奥ですか、と日本人は言う。そんなら大したことないじゃないですか、というわけだ。ところがこの五十キロが曲者《くせもの》だった。三時間半かかるのだ。時速十七キロしか出ない道は悪路に決まっている。

その五十キロ奥の村に、日本人の遠藤能子《えんどうよしこ》さんというカトリックのシスターが看護婦さんとして一人で入って働いておられる。シスター・遠藤とは、首都のアンタナナリボでお会いし、フィアナランツォアまで、比較的穏やかなドライヴを楽しんだ。こちらは数台の四駆《よんく》を借り上げていた。

フィアナランツォアには、シスターがお住まいの奥の村の診療所から、一台の四駆が迎えに出てくれていた。その時私が同行者に言ったのだ。

「村の生活も単調でしょう。だから我々客が来るとなると珍しくて、こうしてわざわざ迎えに来てくださったのかもね」

そんなものではなかったのだ。村まで五十キロの間には、四、五本の小川があった。橋《はし》桁《げた》があり、その上に人が歩いて渡れるほどの板がまばらに載せてある。元はちゃんと板が敷き詰められていたのだそうだが、一枚また一枚と盗まれて、今はやっと人が通れるだけの枚数が残されている。

しかしそれだけの板では、たとえそれがどんなに丈夫そうに見えても、四駆の重みには耐えられない。だから迎えの車は、屋根に必要なだけの枚数の板を載せていた。川のほとりに来ると、皆が橋に板を敷く。数台の四駆がすべて通り終わると、自分が敷いた板はまた撤収《てっしゅう》して、次の橋のために持って行く。迎えは、情緒的なものではなかった。それは必要なものであった。

橋があったら、川は通れるなどと思ったら甘いのだ。橋があっても橋桁があるかどうか、そこから問題は始まるのである。

4章　「水」——水の匂い

生きるために必要な水とは

実に水こそが、中近東の、そしてアフリカの死命を制するものであった。

水さえあれば、そこに植物が生《は》え、その植物を食べる動物も生きられるのだから、その土地の問題の九十五パーセントは解決したようなものだ。慢性的に水の不足している土地に住む人々は、「自然保護」などという言葉を意識したことはないだろう。自然の仕組みは、彼らの血と本能の中である程度理解されているが、そこには日本人がその言葉を口にする時のような理想主義的なファンタジーや、地球規模的なイデオロギーはないだろう。なぜなら彼らは、保護されるべきものはまず自分＝人間であって、決して自然などではないことを知っているのである。

人間は水の畔《ほとり》に、動物のように、虫のように蝟集《いしゅう》する。インドシナ半島の大河と、アフリカのオアシスを見るまで、私は日本でこのような事実を明確に意識したことがなかった。ある人は海岸の風景を愛し、ある人は高台に住みたがり、ある人は下町の路地《ろじ》奥の通行人の靴音が頻繁《ひんぱん》に聞こえる所でないと淋しくていやだ、と言った。その人にとって住むに適した場所というのは、それぞれに異《こと》なった心理的な要素で決められ、住む所が決まれば水は何とかなるのであった。

しかし多くの土地では、水の存在が人々の住む場所を制約した。川か湧《わ》き水のある所でないと、人間は住めないのである。二〇〇一年九月十一日の同時多発テロ以後、オサマ・ビンラディンとその側近は、アメリカの空爆を避けて、アフガニスタンのどこに隠れていたか？　まちがいない答えは一つだけある。彼らは水のあるところにいたのだ。

もちろん川やオアシスの畔とは言っても、その距離は日本人の感覚とは、恐ろしく差がある。それはまず日本人が使う水の量と、彼らが必要と考える水の量と、かなり違うからなのだ。日本人は風呂に入り、家の中を水拭《ぶ》きし、洗濯する。これらのことは当然だと感じている。しかし多くの人たちは、これらの三つのことをしないから、使う水の量はほとんど飲み水と、顔や手足を洗うだけで済む。それくらいの水の量なら、二キロや三キロ、あるいはもう少し遠くからでも、汲《く》んで来られる。

水というものは、何と重さに関して融通《ゆうずう》のきかないものなのだろう。水一リットルは常に一キロである。木でも布でも皮でも、決してそんなことはない。重い木もあれば、軽い皮も布もある。

水汲《く》みをする女たち

阪神・淡路《あわじ》大震災の時、神戸《こうべ》で地震の体験をした息子は、私に後から忠告した。

「関西の震災を見て、そちらでもポリタンクを用意しようなんて思ってるだろうけど、決して二十リッター入りのを買っちゃだめだよ。二十リッター入りは、保存容器としてはいいんだけど、給水車の所にあれを持って水をもらいに行くということは、事実上不可能なんだよ」

そこには息子の、私が重いものを持てないだろうというちょっとした侮《あなど》りと労《いたわ》りがあったかも知れない。彼にいわせると、ポリタンクは十リットル入りのを二個両手に持って給水車の所まで通うのが、最も合理的なのだそうである。給水車から台所まで十メートルか二十メートルか知らないが、とにかく二十リッター、二十キロの重さの物を、両手に平均して持つのがやっとのはずなのだ。

ところが、世界中で女たちが、実に長い距離を、重い水瓶《みずがめ》に水を入れて、頭や肩に載《の》せたり、頭に帯をかけてしょったりして運んでいるのを私は見たのだ。私にはとてもあんな真似《まね》はできない。それだけでも単純に、私は自分にできないことをしてみせている人たちに尊敬を覚えたのである。そして最近ではあるところで、この水瓶がプラスチックの大きな壺《つぼ》に代わって来ている風潮にほっとしている。

水汲みがどうして世界的に女の仕事になったのか興味深いことだ。もちろん男たちには他にたくさんやることがあった。というより生きるために食物を確保することの総《すべ》ては、男たちの肩にかかっていたのである。だから「比較的に楽な」水汲みは女の仕事になったのだろう。

砂漠の地図に記されているオアシスの場所

私は四十歳の頃から聖書の勉強を始めた。遅すぎたが間に合った、というのが、ほんとうのところだ。私は信仰を深めるために聖書を学んだのではなく、むしろイエス時代の実生活に深い興味を抱いた。イエスの母マリアが、どんな風に暮らしておられたかもしきりに考えた。

当時の女性は、年に何度かエルサレム巡礼に出かけるほかは、ほとんど家にいたように見える。巡礼は途中で盗賊に襲われる恐れもあったので、村や町の人々は集団で出かけた。

他の時は女性は家にいた。粉をひき、糸をつむぎ、料理をし、唯一外出すると言えば泉へ水を汲みに行くことだった。このパターンは今でもイスラム圏では踏襲《とうしゅう》されているように見えた。

泉は女たちのお喋《しゃべ》りの場であった。喫茶店も食堂もスーパーもない生活なのだ。水場でお喋りを楽しむことでもなかったら息が詰まったろう。家と水場はけっこう離れてはいたが、いずれにせよ人目のあるところだった。そうでなければ女性たちは決して一人では歩かなかった。ましてや見知らぬ男と口をきくようなみだらな行為は許されなかった。だから聖書の中でイエスが、見知らぬサマリアの女と、生命の水について問答《もんどう》をされたことは（ヨハネ福音書第四章）、相手が当時ユダヤ人から差別を受けていたサマリア人であり、女性であるという社会的制約を越えた、まさに革命的な自由な行動であった、と解釈することはできる。

水脈は多くの土地で貴重なものである。日本のように井戸を掘ろうと思えば、大ていの所から水が出る、というものではない。泉＝オアシスは数千年の昔から出る所が決まっているという。だから、聖家族の住んだベツレヘムや、マリアが従姉《いとこ》のエリサベツを訪ねて行ったアイン・カレムなどの井戸や泉は、恐らくイエス時代と同じ場所にあるのだろうと言われる。あるいは出《しゅつ》エジプトしたモーゼが四十年間荒野をさまよっていた時に恐らく立ち寄ったに違いないと思われるシナイ半島のオアシスは、まちがいなくモーゼと彼の率《ひき》いた民《たみ》を見たであろう。オアシスはめったやたらにはないものなのだ。

オアシスだけには夢のような緑がある。多くの場合、堂々たる椰子《やし》の林である。整然と植えられた椰子の林を見る時ほど、「ああ、この土地の持ち主は金持ちだ」と思えることはない。なぜなら、他の土地は真茶色に乾き切った不毛の地だからである。

今日、多くのオアシスは蒸発を防ぐために蓋《ふた》をされ、水は地下に作られた櫛《くし》のような分水装置を使って、そのオアシスに利権を持つ部族の人たちに公平に配られる。それでもなお中近東を走るトラックのドアなどには、具象的な絵は偶像崇拝《ぐうぞうすうはい》のもとになるから描《か》いてはいけない、というイスラム社会の風潮があるにもかかわらず、時々、青い水をたたえた池のようなオアシスの畔《ほとり》に、貴重な青草と富の象徴である椰子が描かれている。オアシスの周囲の、椰子の木蔭《こかげ》の青草の上に寝そべることが、彼らの考える天国に近い境地なのであろう。

このオアシスの畔の農業は実によく考えられている。どっちみち暑くて、本来なら野菜でも何でも育ちにくい土地なのだ。

彼らは果樹の混植《こんしょく》をする。まず背の高いナツメ椰子を植える。その下にザクロやイチジクのような少し背の低い木を植える。その二重の日蔭の下に、豆などの蔬菜《そさい》を植える。

私はこういう光景を見るのが大好きだった。背の高い椰子がお父さん。その下の果樹が年長の息子たち。そして地面に低くやっと育っている野菜が彼らの妹たちのように見える。そこには貧しいながら寄り添って生きる温かい家族の俤《おもかげ》があった。

こうしたオアシスがいかに貴重なものかは、それらの位置が地図上に明記されていることでもわかる。

乾いた土地では洗濯や入浴の欲求もない

昔シナイの砂漠を兵隊輸送車で移動するツアーに参加した。その時、私たちは一つのオアシスに立ち寄ることになっていた。私は出発前に、与えられた予定表の地名から、ともかくもその位置を私の手持ちの地図で確かめることができたのである。私はそこに映画館のあるような町を想像していたわけではない。しかし行ってみると、ほんとうに公園の池ほどの大きさのオアシスの周囲に椰子の葉葺《ぶ》きの民家が十二、三戸あるだけの、村とも言えない聚落《しゅうらく》であった。それでもなおオアシスの存在は、その地方にとって重大な意味を持つから、そうして地図にも書き入れられるのである。

そのように、オアシスは生命の拠点であり、産物の中心地でもあるのだが、水というものは、体にいいものとばかりは言えない。少しでも湿度が高くなれば、肌がじっとりと汗ばんで、風呂に入りたい、とか、洗濯をしたい、とかいう気分になる。しかし乾いた土地では洗濯や入浴の欲求もない。

日本人は川を見るとすぐ足をひたしたり、飛び込んで泳いだりする。しかしアフリカでそういうことをするのは、きわめて危険なことだ。と言ったらワニがいるからですか、と尋《たず》ねた人がいる。ワニもいるかも知れないが、それよりもっと可能性があるのは、人間の皮膚から入るさまざまな原虫がいることだ。

「川の盲目」と呼ばれるオンコセルカという病気もその一つである。視力を失わせる寄生虫が皮膚から体内に入ってその幼虫の免疫反応が視力を失わせるのだが、その寄生虫を媒介する蚋《ぶよ》は川の中で繁殖するのである。私は中部アフリカのブルキナファソという国の地方で、一村の三分の一の人々がこの病気で視力を失い、一キロほど村全体を移した、という所に行ったことがある。貧しい村だから、盲人は只《ただ》一日中、坐《すわ》っているだけだ。ラジオもテープレコーダーもCDプレーヤーもない。中年の男性の盲人から体験談を聞かせてもらっても何の御礼もできないので、居合わせた新聞記者たちと私は「夕焼け小焼けの赤トンボ」を歌った。

金をかけて真水を作る国、ただの真水が天から降って来る国

今私が働いている日本財団が、WHO（世界保健機関）を通じて研究してもらっているのは、ブルイリ・アルサーという病気である。これは皮膚や肉が文字通り腐臭を立てながら腐って行く病気で、非常に悲惨なものである。私は初めてこの病気をコートジボワールで見た。少年の脛《すね》の肉が取れて骨が見え、少女の乳房も腐って落ちてしまっていた。腐肉を取り、洗って消毒することを続けていると、少しずつ健全な肉が現われて来る、という。コートジボワールに数百人だけと聞いていたが、調べてみるとオーストラリアやベナンなど全世界に合わせて数万人の患者がいることがわかった。この病気も地元の医者たちは、経験から「川と関係がある」と言っている。

日本やヨーロッパやアメリカを一歩でも出たら、私たちは壜詰《びんづ》めの水を買って飲まねばならない。一壜の水は一ドルか二ドルでレストランで売られる。ブドウ酒は水より少し高い。

日本はそういう水で風呂に入り、水洗トイレを流している。庭に撒《ま》く水も飲み水だ。こういうぜいたくは、世界的レベルで見ても異常である。

産油国であるクウェートやサウジアラビアなどは、石油は出ても水はほとんどないから、海水から真水を作る。高い水である。それでもそういうことができるのは、石油で儲けたお金があるからである。

日本で雨が降り、木々の緑がしたたるほどの濃さになり、たとえ猫の額《ひたい》ほどの庭にでも草がしきりに生えて、妻は夫が草取りに協力しないと文句を言うと、夫は「オレは会社で疲れているんだ。日曜日に草むしりなんかできるか」と居なおって喧嘩《けんか》になっている。こういう情景をアラブの産油国の王さまたちが見たら、神は不公平だとつくづく思うだろう。金をかけて真水を作らなければならない国と、ただの真水が天から降って来る国とがある。

もし私たちが壜詰めの水を持たずに水道水のない土地に行ったら、水は煮沸《しゃふつ》して飲めばいい。もしその水が泥色をしていたら、漉《こ》すか、沈澱《ちんでん》を待って上澄みの水を取り、それを沸《わ》かせば飲める。

そんなことも知らない若者がこの頃、あちこちにいるようになったのである。

5章　「食」――日常的飢《う》え

空腹と飢餓《きが》との決定的な違いとは何か

日本人にとって、飢えというものほど、理解しがたいものはない。アメリカ人にとっては更《さら》にわからないものだろう。日本の女性週刊誌の真中部分のかなりの頁《ページ》は、すべて「痩《や》せる」ことに関する広告だ。最近の不景気の中でさえ……。

しかし世界中では、多くの人が飢えている。アフリカ大陸の広範な土地では、土壌《どじょう》が悪く、水が足りなく、インフラがほとんどないに等しい。その結果はどうなるか、ということまず作物ができない。仮にできても——たとえばマンゴーがたくさんなるということがあっても——近くに大きな都市もなく、住んでいる人は現金収入の極めて少ない貧しい人ばかりだから、マンゴーを先進国のように一個百円か、それよりもっと高い値段で買うなどということはまったく考えていない。

日本ならマンゴー栽培農家は大きなトラックで、たくさんの購買力のある遠隔の都市に出荷することを考える。しかしアフリカの多くの地方は道路がないか、あっても大変な悪路だ。トラックだってまともなものはないし、そんなトラックを使って運んでも、時間はうんとかかって、果物はいたみ、トラック代も払えないことになる。

一般的に作物の収量は極めて少ないから、食料は慢性的に不足している。輸出する作物がない国なら外貨もないわけだから、外から食料を買うこともできない。どこもかしこもじり貧。とにかくそういう場合の人間の目的は、学歴でも、出世でも、持家《もちいえ》でもない。日々、満腹するだけ、どうしたら食べられるだろうか、ということに尽きる。

初めに飢えの定義をすべきだろうか。とは言っても、私は医師でもなく、看護婦でもない。だから私の定義などというものも、素人の体験に過ぎない。

飢餓《きが》の国の人たち、飢餓が深刻になった人たちが「空腹に苦しんでいる」というふうには、素人の私には見えないのである。もちろん、カロリーが不足して痩せ衰《おとろ》えていれば、体を動かすのがだるそうに見えることはある。

空腹と飢餓とは明らかに違う。

私たちは空腹はよく知っている。お腹が空《す》いてやっとファミリー・レストランに入り、注文をした後の数分である。隣のテーブルには料理が運ばれて来るのに、先に注文したこちらのは後になっている。この時の辛《つら》い感覚が空腹だ。

しかし飢餓は違う。少なくとも最初の何日かの空腹期間が過ぎると、飢餓に襲われた子供たちは、食欲を失ってくるように見える。

最期《さいご》の数時間に毛布を欲しがった子供

私が今でも忘れられないのは、飢餓の年のエチオピアで働いていた看護婦さんから聞いた話だ。もう痩せ衰えて、見た眼にも死が迫っている少年がいた。カロリーの不足は、いわゆる痩せを伴《ともな》うが、死の危険ラインまで近づくと、人間の顔の下にその人の骸骨《がいこつ》が見えるようになる。つまり骨の上にやっと皮が張っている、という状態になるのだ。こうなった子供たちを、カメラマンやテレビ取材班が、多くの写真を撮《と》った。それがビアフラやエチオピアの飢餓の現状を示す写真として世界中に流れたのである。

するとと人道的であることを自認する人々は、カメラのシャッターを切り、テレビのフィルムを廻《まわ》す余裕があるくらいなら、なぜその子を助けなかったのか、と非難した。しかし私はそう思わない。世界の悲惨は、彼らの職業意識によって世界に伝わった。私は彼らは義務を果たしたと思っている。

さて、そのような骸骨のように痩せた少年に日本人の看護婦さんは言った。

「待っててね。もうすぐ食べ物と毛布をあげますからね」

すると少年は答えた。

「食べ物は要《い》りません。毛布をください」

彼はただ寒かったのだろう。アフリカが寒いということさえ私たちは知らなさ過ぎる。平地の砂漠でさえ夜になるとしばしば摂氏《せっし》十度以下にさがる。そして少し高地になれば、アフリカや近東の内陸部の高地の寒さはボロを着た人たちにとっては命取りになる。しかしこの少年はもう、生命の灯《ひ》が燃え尽きかかっていたのだ。食物を摂取してそれを生命力に変える、という機能を彼はもう失っていたのだ。だから彼はただ最期の数時間に毛布を欲しがった。

もちろん私は、飢えの中にあってもはや立ち上がる気力もない人たちが、自分の坐りこんでいる大地の、手の届く範囲に生えた草を口にしていた光景も知っている。それは猿か動物に近い悲惨な光景だったが、とにかく食べねばならない、と自分に命じるのは大人の知恵だったろう。

飢えた子供たちは、先進国の人道団体が乗り込んで来て、消化のいい食物を与えようとしても、しばしばスプーンを手にしたまま、お椀《わん》の中のどろどろのお粥《かゆ》を食べようとしない。飢えた子供はがつがつ食べるものだ、という私たちの先入観は、そこで行き詰まる。

「卵を食べると病気になるよ」

アフリカの貧しい人々の食べる日常の食物は、多くはその土地で取れる穀類《こくるい》が主である。ミレット、ソルガム、と言ったいわゆる日本人のいうアワ、ヒエ、キビに似た雑穀や、トウモロコシ、またはキャッサバなどのイモ類が主である。それをお粥状にどろどろにしたり、パンのように蒸《む》してソースを付けて食べたりする。ソースは野菜、油などが主だが、土地の田んぼで獲《と》れる小魚や、たまには肉が加えられていることもある。私たちのような外国人が、土地の村長さんなどから、最大限のもてなしを受ける時には、山羊《やぎ》一頭丸ごと料理というものもある。もちろんそれは何十人かで食べるのだし、私たち客はいくら残してもいいのである。外には村中の女性や子供たちがお残りにありつこうとして待っている。

貧困による食料の不足と、栄養に関する無知は、大きくわけて二つの結果を生む。

一つはマラスムスとよばれるカロリー不足の状態で、アウシュヴィッツの囚人たちがその典型である。節々《ふしぶし》の骨だけが異様に大きく目立ち、その他の部分が棒のように見えて来るほど痩せる。子供でも老人のような顔になる。赤ん坊でも皮膚がしわしわになる。こうなったら、いつ死んでもおかしくない。

もう一つの栄養失調は、外見はまったくマラスムスと違う形を取る。お腹は膨《ふく》れ上がり、お臍《へそ》が飛びだした状態になることすらある。頬《ほお》にも肉がついて、二重顎《あご》に見える。腕も足も肉が張ってぱんぱんだ。

私は初めてこういう子を見た時、「太って強そうね。日本に来てお相撲さんにおなりなさい」などと言ったものだ。とんでもないことであった。こういう外見は、太っているのではなく浮腫《ふしゅ》が来ているからで、危険な兆候なのである。当然心臓にも浮腫があるとすれば、突然の心停止もありうる。

これはクワシオコルという蛋白質《たんぱくしつ》不足による栄養失調の状態で、私たちは飢餓地帯に行ったら、すばやくこの二つを見分けられねばならない。クワシオコルは往々にして子供の異様な金髪化が見られる。そして私のような素人から見ると、カロリーの足りないマラスムスより、蛋白質不足に起因するクワシオコルの方が、貧しい国では手が打ちにくいように思われる。何でもいいからお腹がいっぱいになるようにするのは、ある意味で簡単だ。しかし卵や肉を食べさせることは難しい。

アフリカでは子供に「卵を食べると病気になるよ」と教える土地もあると聞いた。

鶏《にわとり》は原則として放し飼いにしているから、買った餌《えさ》など食べさせることはない。人間の餌にも事欠く土地で、鶏の餌など買う余裕があるわけはないのである。鶏は近隣で放し飼いにして自由に虫や葉っぱをついばませる。つまり鶏も人間が養わないで「自活」させるのだ。すると鶏は卵をあちこちに生み散らす。子供はそれを集めるのが仕事だ。

卵がおいしいことはすぐわかる。だから子供は卵を集めながら食べてしまう。しかし卵は高価な売り物だ。子供に食べさせる余裕はない。だから親たちは、「卵を食べると病気になるんだよ」と教える。「青梅を食べると死ぬよ」と言うのと同じだが、青梅の方には理屈があるが、卵の場合は脅《おど》しである。

日本には、福沢諭吉《ふくざわゆきち》のように、ものごとをすべて疑ってみる子はどこにでもいる。福沢諭吉の書物の中で好きな話は、御札《おふだ》は神聖なものだと聞かされて、ほんとかなと思って便所で踏んでみるという話である。ところが一向にばちが当たる気配もない。こういう伸びやかな実証主義が、日本人の気質的財産でもある。

しかしアフリカの子供は、親にそう言われると卵は毒だから、と思って食べない。親はそれを高く売れるわけである。しかし子供の方の、蛋白質不足は解消されない。

アフリカの五人家族が持つ「素朴な目標」

一九九八年、私はブルキナファソという中部アフリカの内陸国に行った。人にも運のいい人と悪い人とがいるが、国にも同じように運のいい国と悪い国とがある。簡単に言うと海のない国はやはり不運なのである。海さえあれば、まず魚介類《ぎよかい》を獲って食料にすることができる。大量の貨物を海上輸送することもできるし、産物があれば、輸出も簡単である。しかし内陸国は、海際に陣どった国に多くの場合意地悪をされ、経済的行為の死命を制される。海際の国の港に船で陸揚げされたものに、高い関税を掛けられたり、陸路輸送する間に盗まれたりしても、防ぎようがないのである。

ブルキナファソに行ったのは、私が働いている日本財団が、そこで「SG（笹川グローバル）2000」という農業改革を行なっていたからであった。世界銀行がまるで機械化部隊のような大規模な耕作機械を送りこんだのに対して、私たちの農業改革は、原始的なものであった。十二カ国で八億円しか掛けないでかなりの成功を見ているのである。石を運んで表土の流出を防ぐ小さな土留《どど》めを作ることとか、トウモロコシの種を蒔《ま》く時には穴を開けてそこに種子を落とし、上に土を掛けなさい、というところから教えたのである。

それまでは、種を摑《つか》んでバラ撒《ま》くだけだった。

もし土地が極めて乾燥しているようなところなら、株と株との間を狭く栽培すれば、お互いの葉が日蔭を作って、根本の乾燥を防ぐことができる、というようなことは、日本人なら何となく体でわかるものなのだが、アフリカではそうはいかない。農業指導員がいちいち教えなければならない。その農業指導員を動かすには、大統領と農林大臣から下達《かたつ》する必要がある。

とにかくブルキナファソでは、首都から数百キロ奥の田舎で、私たちは農業指導員に会い、新しいやり方でトウモロコシをたくさん作ったという婦人に会った。彼女の畑は、近隣の畑と比べると一際《ひときわ》トウモロコシの背丈も伸び伸びと高く揃《そろ》い、葉も青々と繁《しげ》っていた。

その女性は寡婦《かふ》で四人の子供がいた。

「よかったですね。たくさん収穫があってお金が入りますね」

と私は通訳してもらい、それから尋ねた。

「マダム、お金が入ったら、何を買いたい、とお思いですか？」

その時、彼女が何と答えたと思うか、と私は日本に帰ってから、私の周囲の人たちに聞いてみた。

さすがに「テレビや冷蔵庫を買いたいんでしょう」と答えた人はなかった。その村には電気がなかったからである。アフリカには「石油冷蔵庫」なるものがないではないが、そんな高級品を買える生活程度ではない。土壁の小屋に住む人たちである。それでも、自転車ですか、と答えた人がいたし、私は彼女が納屋《なや》の屋根を修理したい、くらいのことは言うのではないか、と考えていたのだ。

しかし彼女は答えた。

「一家五人、お腹がいっぱいになるように食料を持っていたいです」

それが答えなのだ。それがアフリカの今日の目標なのである。私たちはそのような素朴な目標があることを今日では思いつかなくなっているのである。

6章　「病」――生き残りのためのルール

日本人に巣くう病気への他罰的な判断

日本人にとって、病気は腹立たしいものである。文明国では本来病気にはかかるはずがないし、かかったら医療機関がそれを治すべきだと、どこか他罰的な判断が私たちの考えの中に巣くっているのである。

しかし、世界では決してそんなことはない。

私はいつも一つの光景を思い出し、十五年以上経ってもまだその時の光景にこだわっている。

それはアフリカのマリという国の、ドゴンという村でのことであった。私たちは有名なトンブクトゥに行くつもりでマリに入ったのだが、ガソリンスタンドや土地の事情に詳《くわ》しい人に聞いても、トンブクトゥまでの道は通行不可能になっていた。

トンブクトゥの代わりに日帰り旅行に出たドゴンでも、周辺は悪路の見本みたいなところだった。ハリウッドのアクション映画は別として、私たちが乗っている四駆《よんく》が、岩の階段を登るとは知らなかった、と私は日記に書いている。もちろんきちんとした石段ではない。急勾配《こうばい》の、岩だらけのごつごつの坂道を攀《よ》じ登るのである。当然中の人間は揺《ゆ》り上げられ、揺り下げられ、保安帽をかぶればよかったと後悔している。平地になっても舗装などないから埃《ほこり》は濛々《もうもう》とたちこめて、誰もが次第に喋《しゃべ》る元気も失う。

そうしたある日、私たちの車の後ろの席で、同行の日本人が言うのが聞こえた。

「とにかく自分の国に侵入されたくないと思ったら、便所を決定的に汚くしておいて、道路も放置しておけば、誰も来ないよなあ」

発言者が言っていた汚いトイレというのはどこのトイレのことなのかわからないままに、私は自分が体験した最も不潔なトイレを思い出していた。飢餓の年のエチオピアで、アジスアベバから車で三日がかりで北へ向かっていた時であった。田舎の、ホテルとは名ばかりの家ダニだらけの安宿の共同トイレは、西欧式ではなかった。日本風というかアジア風というか、私たちには見慣れた穴の脇に足載せ台が二個ついたもので、しゃがむスタイルである。トイレの個室の中には電気もなかったが、懐中電燈の光で見ると、穴には汚物が床の高さより高く堆積していた。つまり使えるトイレではなかったのである。

その時私たちのいたマリのドゴンの村には、文明の気配もなかった。谷は深く、岩の一部に引っ掛かったように建てられた人家は、大地と見紛《みまご》うばかりで、眼下の谷に飛ぶ燕《つばめ》たちを私たち人間の方が見下ろしていた。

するとそんな土地でも、裸足《はだし》で垢《あか》だらけの服を着た子供たちが私たち目掛けてやって来た。彼らは力なく、「マダム、ムセ。スティヨ、ボンボン」と繰り返す。マダムは私のこと。ムセはムッシューで、私の同行の男性たちのこと。スティヨはボールペンで、ボンボンは甘いキャンディーのことだ。つまり誰でもいいから、ボールペンかお菓子を持っていたら下さい、ということである。それが彼らが知っているフランス語のすべてなのだろう。

その日、しかしこうした定型のおねだり組の中に、一人だけびっこを引き顔を歪《ゆが》めた男の子がいた。日本で言うと小学校四、五年生という年頃だった。彼は足の指をさして何か言った。薬をくれ、と言っているらしいことは患部を見れば明らかだった。彼の足の爪《つめ》は中の方から化膿《かのう》していたのである。

「ソノさん、薬持って来なかったですか」

と同行者が聞いた。その声には、決して私を詰《なじ》るような調子はなかったにもかかわらず、私はその中に非難の響きを感じていた。三十八日間のサハラ縦断の旅の間中、私は薬箱の保管係だった。それなのにその日だけ、ドゴンへの日帰り旅行だというので、私は薬箱をホテルにおいて来てしまったのである。

この病気は、瘭疽《ひょうそ》というのである。外科的に膿《うみ》を切って出すか、抗生物質で治さない限り、猛烈に痛い。私は身が竦《すく》んだ。私は少年におしぼりのティッシュー・ペーパーを差し出し、それで泥を拭《ふ》きなさい、というだけであった。そんなものは、何も効かないと知りながら。

エイズでも結核《けっかく》でも下痢《げり》でも死は死である

世界中の多くの土地で、まだ人々は痛みを止めてもらう方途がない。村には診療所一軒あるわけではないところがほとんどだ。路線バスなどというものはないし、自転車を持っているような人たちではない。

日本人は、どんな土地でも、多分一時間以内には何とか痛みだけは止めてもらえる、と信じている。たとえ離島に住む重篤《じゅうとく》な急患でも、荒天でない限りヘリでどこかの病院に運んでもらえるのが普通だ。しかし、たかがそれだけのことでも、こういう土地では夢のまた夢である。

世界には救急車のない都市がいくらでもある。まず救急車輛そのものがないか、あっても壊《こわ》れたままになっている場合である。それにくわえて電話がないから通報ができない。救急車が来ても、有料だから、まず救急隊員は、患者の家族に輸送料が払えるかどうかを聞く。払えないというと親戚《しんせき》で金を集められないか、などと言う。その交渉に近所を駆《か》け回ってみても、皆が貧乏なのだ。金がないとなると、せっかく来た救急車は病人も乗せずに帰る。これがごく普通の図式である。

なけなしのお金を出して、数十キロ離れた診療所か、薬も設備もほとんどない小さな病院までタクシーを雇《やと》っていける人は実に幸運である。しかし前にも述《の》べたブルイリ・アルサーと呼ばれる肉が腐って臭気を放つような皮膚病患者だったら、タクシーも嫌がって乗せないだろう。近所の人も病気を恐れるから、母親は病人を医者になど診《み》せず、言い伝えで知られているアフリカ版の「漢方薬」を塗るか、祈禱《きとう》師の所へ連れて行くだけだ。

時には十キロも戸板に乗せて病人を運ぶということもよくあることである。難産の人もそうして運ばれて来る。陣痛が来てから、子供が出ないままに三日も経ったという人の羊水は、もうお腹の中で死んだ赤ん坊から出た糞便《ふんべん》で匂《にお》っている。そういう患者はどれほど苦しんだことだろう。

そうやって運ばれて来ても、そして村には幸運にも小さな診療所があったとしても、もらえるのは初歩的な薬だけだ。どうして貧血になったか、どうして痩せて来たか、どうして下痢《げり》が続くのか、調べる方法はほとんどないのだ。

田舎だけではない。首都の国立病院でも、ＣＴスキャンも胃カメラもないところなどざらだ。レントゲンは壊れていたり、顕微鏡は一台だけだったりする。そしてこのエイズだらけの時代に、使い捨ての注射器があったとしても、決してそれを使い捨てにしない。次の注射器がないのだから、洗ったり、煮沸《しゃふつ》消毒したりして再度使う他はない。エイズさえ、ひどい悲劇にはなりえていない節《ふし》もある。多くの土地では、人々の平均寿命はまだ五十歳未満だ。四十数歳で死ぬ人は珍しくない。すると何で死んでも同じなのだ。エイズでも結核《けっかく》でも下痢でも死は死である。

子供の死亡率も高い。もちろんいまでは予防接種もずいぶん普及しているが、この二十世紀末でも、まだ乳幼児千人中、二百五十人から三百人は死ぬ土地もある。自分の家で生まれた赤ん坊の三人に一人、四人に一人は死ぬ計算だ。だから子供はたくさん生んでおかねばならない。ただし生き残った子供は苛酷な衛生状況に耐えたのだから、優生学的に非常に優秀な子供ばかりだ、という人もいる。

自然の摂理に抗《あらが》わない考え方

中近東やアフリカでは、淘汰《とうた》という言葉はまだ死語ではない。弱い者は死に、競争に勝った個体だけが生き残る。それはいまだに一種の知恵であって、決して残酷なことではない、と解釈される。

イスラムの人たちは、今でもいとこ同士の結婚が多い。生まれると同時に父親の弟の娘と婚約したりする。セム族は昔からこうした部族内の結婚を繰り返して来た。

日本人はそんなことをしたら、血が濃くなって奇形が増えるでしょう、と言う。いつかエジプトで知り合ったガイドは、ピラミッドがすぐそこに見える大きなマンションに一族八十人あまりで住んでいた。庭まで見せてくれたが、そこでは彼の甥《おい》や姪《めい》、従姉妹《いとこ》の子供たちなど二十人近くが幼稚園のような賑《にぎ》やかさで遊んでいた。しかし一見足が悪かったり、眼が不自由な子供など見えない。

現地で会った日本人のドクターにその話をしたら、イスラムの人たちは流産を止めないのだ、という。止めないのか、土地によっては止める方法がないという方が正しいのか、とにかく自然の運命に任せるという。

いとこ結婚でも奇形が出る率が少ないのは、奇形を持つ胎児は流産する率が高いからだ、という。それが自然の摂理《せつり》なのだろう。

日本では「淘汰が当然」などという発想はない。日本人が人道的だからそうなのだ、というより、そういう発想をしなくて済むのである。日本では、流産をどこでも必死で止める。日本の社会には、それだけの力も、医学的技術もある。だからそれは日本においては当然のことだし、また最先端の医療を進めて行くという国家的な使命の上でも意味のあることなのだ。しかしそれは、母親が食べるものもろくになく、従って胎児も成長せず、生まれても産院に酸素もなく保育器もなく、いいミルクもない貧しい国から、地球上の富を一方的に収奪しているからこそできることなのである。そんなことを考える人々は、ほとんどいない。

知らないという幸福、知りすぎた不幸

私はアフリカで実にたくさんのエイズを見た。フランス語圏ではＣＩＤＡというのだが、病気がはびこる一つの原因は、一夫多妻制があるからだという。カルテにも生年月日

と並んで、「妻の数」という項目がある。クリスチャンでも多妻の人がいる。そのために一人の妻がエイズにかかると、他の妻たちも、当然夫も感染し、その子供たちもHＩVポジティヴで生まれて来る。もっとも、彼らがエイズかどうかは、ほんとうは定かではない。検査の方法もない施設や検査の費用もない病人が多いし、わかっても治療にはならないことにはお金を出せないのである。

ただ異様な痩せ方、下痢、肉腫《にくしゅ》、肺炎などが出て、子供が骸骨に皮をかぶっただけというような表情になると、馴《な》れた医療関係者は、多分これはエイズだろう、とわかるようになる。子供にも食欲はなくなって来るが、そうなるともう医療関係者はミルクを与えない。それがひどい仕打ちだとは誰も思わない。

水や食べ物や薬の乏《とぼ》しい世界では、それらはすべて強い者、生き残る可能性のある者が採《と》るのが原則だ。死んで行くだろうと思われる子供にまでやるミルクは、先進国以外にはないのである。

こういう骸骨風になりかけたエイズの子供の一人を抱《だ》いた母親のことも、まだ私は忘れられない。彼女はまだ十八歳でぴちぴちした肌をしていた。夫には三人の妻がいるという。彼女は子供のことを心配はしているが、まだエイズだとはっきり知らされたわけではない。この赤ん坊もまた、エイズの検査などしていない。だから彼女は子供が痩せてお乳も飲まず、下痢ばかりしているのは一時的な不調のせいで、今に治るだろうと思っている。しかしその時傍《そば》にいた看護婦のシスターに言わせれば、これほどの痩せが来ると、もう赤ん坊は脱水症状になっているわけだから、いつ心停止が来てもおかしくない、という。すると今は健康そのものの十八歳の若い妻もＨＩＶポジティヴである可能性が高いのか、と私が聞くと、その恐れは充分あるという。

唯一の救いは、彼女が実情を何も知らない、ということだった。知らないということは、不幸な現実がないということと同じであることをその時、私は改めて知ったのだ。日本人は知り過ぎるようになってから、一面では不幸になった。

しかし世界の多くの場所で、病人はまだ動物のように、病気の苦痛を放置されているのが現実である。

7章

「教育」——宿題帳も金になる

本当の意味で「食えない」ということ

私の知る範囲の現代の日本人で、自分は読み書きができない、という人はたった一人しかいない。

私はこの自ら「文盲《もんもう》」と言う人を、いつも深い尊敬を持って見ていた。大変頭のいい人で、何より徳がある人だったからだ。会話も自然で楽しい。人中で出る引くの心得など実に心にくいほどである。もちろん賢い人のことだから自分の名前も住所も書けるし、仕事上の簡単な書類くらいちゃんと作れるのである。教育を受けられなかったのは、分教場さえない雪の深い山奥で炭焼きの仕事をしているお父さんの仕事を手伝っていたからだった。

私たちの誰もが学校へ行っている。不登校児なら、親たちや学校の先生から、学校へ行くことをお願いされて育つ。しかし世界中には、子供に学校へ行くなどというぜいたくはとてもさせてやれない、という状況にある社会は多い。

子供は確実に一つの労働力として考えられている。子供の仕事はいくらでもある。水汲《く》みは女と子供の仕事だ。牛や羊や馬を飼うこと、十人近い子沢山の家庭がほとんどだから妹弟の子守をすることも、子供の仕事と考えられている。

商売も子供の仕事だ。宝くじ、チューインガム、パン、新聞、花などを売る。靴磨き、荷物運び、自動車の窓ガラス磨きなども親は子供にさせて小金を稼《かせ》がせるのは当然と思う。学校へやるということは、すなわち家の仕事の妨《さまた》げなのである。どうしてそんなふうに考えるんでしょうねえ、と非難の響きをこめて日本人に質問されると、私は答えに窮《きゅう》することがある。

ほんとうは答えは簡単なのだが……なぜなら、子供も働かねば食えないからなのだ。日本では「食えない」という言葉を拡大解釈して使っている。家のローンを払い切れない、上級学校へ送る費用がない、などということが「食えない」ことの表われなのだ。しかし世界の多くの土地で「食えない」と言えば、まさに口にするものがないということなのだ。

物乞《ご》いに必要な子供たちの「技術」

食べるものを得るためには、それなりの何かをしなければならない。たとえどんな半端《はんぱ》仕事でもさせてもらう。物乞いをする。かっぱらいや盗みをする。

以上三つの、仕事とは言えないような仕事をするには、何が大切か、というと昼間の時間が必要なのである。物乞いをしようにも、夜では人が出歩いていない。かっぱらいも置き引きも人通りがあることが前提だ。盗みはどこでもできるが、それほどの貧困地帯では、夜間忍び込んで盗むような金目のものがある家などない、と言ってもいいだろう。鍋《なべ》釜《かま》と衣服しかないのが、家なのだ。

だから、子供たちは昼間学校になど行っていられない。学校になど行っていてその日の稼ぎがなかったら、翌日は空腹に堪《た》えていなければならない。

半端仕事は物売りが一番多い。一番日本人が驚くのは、交差点で止まった自動車の所に近づいて来て、チューインガム、新聞、宝くじなどを売ったり、頼まれもしないのに勝手にフロントグラスを拭《ふ》いたりする仕事である。これは途上国のほとんどどこでもやっている。交差点に子供を入れるなどという危険なことを日本の社会は許さないが、多くの国では、そうした危険も人生の一つの姿である。

トルコでパンを売る子供は、頭の上に盆《ぼん》を載《の》せて、そこに陸上競技場のトラックの恰好《かっこう》をしたゴマつきパンを売っていた。父親のいない家庭で、三人の弟と妹がいると言う。六十個売れば、どうやら一家が食べられるらしい。彼はお盆を頭の上に載せたまま友達と遊ぶから、時々パンを落とす。パンはロバや羊の糞だらけの路上に落ちる。彼はそれを拾い、ズボンでちょっとゴミを払って、また盆の上に返しておく。

アフリカの村では、午後になると子供たちが、日本の昔話の絵本に出てくるような恰好の臼《うす》と杵《きね》で米をつく。これは何時間もかかる仕事だ。しかしそれをやらなければ、今夜のご飯が食べられない。米があっても、ガスも電気もない村では、薪《まき》がなければご飯は炊《た》けない。だから人々は何日かに一度は、遠くまで薪を探しに行く。多くの国では、誰もが家に近いところの木から切って行ってしまったから、薪集めはだんだん遠い所まで行かなければならなくなる。子供もこの労働から逃れることはできない。薪がなくてもやはり人は「食えない」のである。

物乞いをすることは、インドシナ半島からアフリカまでずっと続いている一つの実質的な「ゲーム」である。もらえたら大得、くれなくても元々という感じだ。日本のように「乞食をするとは、何という恥知らずです」などという深刻な発想はない。

子供は物乞いで金を手に入れるために、いろいろな知恵を働かす。

インドで朝四時少し過ぎに、ホテルの玄関から空港へ行くバスに乗り込んだことがあった。するとバスの乗降口に、ハンセン病患者特有の曲がった手つきをした子供がやって来て、「お金をください《バクシーシ》」と最前列にいた私の眼を見て言った。私はその時、インドのハンセン病院を取材して、数千人の患者を見た後だったから、何も言わなくてもその子の手つきを見ただけで、ああこの子も病気だな、と考えていたのである。しかし一抹《いちまつ》の疑念があったので、自責の念を覚えながらお金はやらなかった。

するとこのケチな外国人にアイソをつかしたその子は、諦《あきら》めてまだ夜の明けない森閑《しんかん》としたゴミだらけの町の通りで、古い自転車の車輪の輪で輪まわしをして遊び始めた。その手つきを見ると、この子の手はまったく健全だった！　彼はハンセン病を装《よそお》ってお金をもらう技術を知っていたのである。

エジプトでは数百年にわたって遺跡の盗掘を家業か稼業にして生きて来た村がある。官憲が何と言おうが、自分の家の床や庭先から下の地面を掘って行って、出て来たものを売って暮らして来たのである。

私は遺跡の発掘調査の現場に通うのに、どうしてもこの村を歩いて通り抜けなければならなかった。その途中で、しばしば数十人の子供たちに囲まれた。初めはお定まりの「バクシーシ」（お志をください）である。私は一人に金をやれない。一人にやったら貰えない残りは暴徒のようになる。子供でも相手は数十人だ。

そのうちに私がケチな人間だということがわかると、一人の子供が私の鼻の先に宿題帳を突きつけた。普通大人は誰だって子供に宿題帳を見せられたら、「えらいわねえ。よくできましたねえ」と褒《ほ》めてやりたいものなのだ。しかしもし私がそうしたら、宿題帳を見たからお金をよこせ、となるのである。そこで私が小銭をやれば、後から後から子供たちは宿題帳を持って取り囲む。それでお金を出さなければ、私はやはり脱出するのに恐怖を感じるほどの事態になるだろう。何しろ、砂の中に建った盗掘者の村だ。人一人殺した後で死体を盗掘の穴に埋めて皆で黙っていれば、他人が発見することはまずできっこない。

「助けてもらわねば死ぬのだから、人も助けねばならない」

しかしこうした子供たちにも、日本人以上のモラルを感じることがある。

イスラエルで、私たちが車椅子《いす》の人たちと旅行していた時のことだ。イスラエルの観光地には、私たちが「ワンダラー・ボーイ」と呼ぶアラブ系の物売り少年がいる。地図も一ドル。印刷の悪い絵はがきが十何枚か一綴《つづ》りで一ドルというふうに、安いお土産《みやげ》ものを売るのである。

彼らのすべてがそうなのではないが、中には、観光客がちょっと油断していると、絵はがき売り以外の小遣い稼ぎをやる子がいる。つまり観光客が気を許してよそ見をしている間に、脇に置いてあったハンドバッグなどを失敬するのだ。

その年、私は車椅子を押す係をしていたが、ゴルゴタの岡の上にあってイエス処刑の地だと言われる聖墳墓《せいふんぼ》教会の中の雑踏に紛《まぎ》れて、一台の車椅子に就《つ》くべき人手を三人ほど見失ってしまったことがあった。男手は一人残っているが、帰り道は再び石段続きだから、私の他にもう一人脇を持つ人がいないと、約百キロになる車椅子を押して石段の道を登ることはできない。

私はワンダラー・ボーイを頼みましょう、と言った。絵はがきを売って一ドルもらったり、時にはハンドバッグを掏《す》って儲《もう》けたりするより、正当な労働で報酬《ほうしゅう》をもらった方がいいだろう、と思ったのである。

言葉は通じないが、ワンダラー・ボーイの一人に手真似で頼むと、彼はすぐに車椅子の一方の車を持ち上げて、歩き出した。

真剣な働き方だった。まるで斜めになって犬橇《いぬぞり》を牽《ひ》く犬のようだった。私は慌《あわ》てて傍《かたわら》を歩いている同じグループの婦人に、私は今ハンドバッグを開けることができないので、この子にお駄賃《だちん》としてやる分の二ドルを出しておいて頂けますか、と頼んだのである。するともちろんその人は「よろしいですよ」と小銭を用意してくれた。

私は何度もこの迷路のようなアラブ人の町を歩いていたのに、最後の階段がどこで終わるのかよくわかっていなかった。しかしその少年はある場所まで来ると突然車椅子を置き、身を翻《ひるがえ》して元来た道を飛鳥のように帰り始めた。

私は慌《あわ》てた。あの小狡《ずる》いと思われていたアラブの少年が、まったくお金など目当てにせずにただ働きをして帰って行ってしまったからである。傍で小銭を用意してくれていた婦人からお金をもらい、私はようやく彼を呼び止めてお礼を渡した。

彼らの信条では、困っている人を助けるのは、当然の義務なのである。それはそうしないと、その人が死ぬからであった。砂漠や未開の土地は、決して人間に甘くない。ゆきずりの人であろうと、敵対部族であろうと、とにかくその人を助けなければ、その人は死ぬのである。自分もそうなった場合助けてもらわねば死ぬのだから、人も助けねばならない、と子供の時から理解するのである。

だから置き引きをする一種の才覚と、無償の奉仕とは、少しの矛盾《むじゅん》もなく、子供の中に混在している。

学校には知識のためではなく、食事があるから行く

日本では学校ができれば、生徒がそこに通うということは、何なくできることである。鉄道、路線バス、スクーター、自転車、いろいろ手段はあるだろうが、とにかく通えないことはない。しかしそうでない国もたくさんある。鉄道も路線バスもない。スクーターや自転車など買える人たちではないのだ。

すると小学生はとにかく歩いて学校に通う他はない。子供が片道歩いて通える距離は、せいぜいで四キロくらいなものだろう。

だからインドなどでは、学校を作ると、同時に寄宿も用意しなければならない。寄宿と言っても、泥で固めた床にごろ寝するだけの二間だけの家の場合もある。一間が子供たちの雑居部屋、一間が寮母さんの小部屋だ。机も椅子も電気も風呂場もトイレもない。あるのは、料理を作るかまどだけで、寮母さんが懐かしい薪の匂いを立てて食事を作ってくれる。

親の方は、子供を学校に取られるのが不満である。それだけ畑や牛飼いをする労働力が減るからだ。だから学校は親たちに、子供は学校で肥料の使い方など新しい技術を習うのだから、必ずうちに帰れば農業に役立つ知識を持つようになる、と説得しなければ、親は子供を学校に出さない。

かつて私は、ボリビアの田舎の日雇いの人たちの子供の学校で、給食を出すNGOの仕事に携《たずさ》わったことがあった。そして数年目に、果たしてそのプロジェクトが働いているかどうかを見に行くことにした。

給食はうまく実施されていた。子供たちは、家が貧しくて、ろくに食事をしていない。その点、学校へ行けば昼食が出るのだから、何としても学校へ行こうと思う。メニューはご飯とお肉と野菜である。一日置きに、肉が卵になる。栄養がよくなると、知能指数も上がる、ということも初めて知った。

給食の時、一人の少年が真剣な面持ちで、自分の給食の皿を捧《ささ》げ持って、校庭を横切って反対側の木立の所まで行く姿が見えたので、私は行く先を眼で追った。そこには三人の少年が待っていた。

弟二人と友達の三人だという。この三人に、少年は自分の分の給食を分けて食べさせるのである。その三人の通う学校では、給食がない。だから彼らは、一日に一食も満足に食べていないのである。だからこの少年は、自分の学校でもらえる給食で、弟二人と友達の三人を養っていたのである。学校には知識のためではなく、食事があるから行く。そういう現実も、世界には決して珍しくないのである。

8章　「貧困」——貧乏の定義

人間の生活の原型とは

日本の若者たちは「貧困」というものを知らない、と言うと、世界のあちこちのインテリたちの中には、どういう受け答えをしたものか判《わか》らない、という当惑の表情を見せる人が多い。

人間が生涯富裕を知らないままに終わるのは自然なことだが、貧困は人間の生活の原型だから、それを知らない人がいるということは信じられないのである。

その度《たび》に私は、若者たちの弁護に回る。彼らが悪かったのではないのだ。彼らがもの心ついた時、すでに日本には貧困というものがなかったので、想像のしようがないのである。それは私たちがまったく聞いたこともない植物の、それも学名を聞かされた時のようなものだ。それが大きな木なのか、路傍《ろぼう》の草のようなものなのか、まったく推測する手掛かりもない。そんなことを言うと、中には、私は貧乏くらいよく知っています、と怒る人もいる。しかしよく聞いてみると、その貧乏は、車が買えなかったり、住宅のローンが重圧になることだったり、会社の手形が落ちないことだったり、勤めている会社から首になることだったり、高校や大学に進学する金がないことだったりする。

もちろん友達が大学に行くのに、自分が行けなかったら、自分は貧乏で不幸だと感じても不思議はない。しかし親が子供を野良《のら》仕事や家畜の世話に使おうと思っているので、子供を小学校に通わせることさえなかなか賛成しないような社会では、そういう贅沢《ぜいたく》は夢のまた夢である。

住宅の概念も違う。彼らはもともと泥や牛糞を練《ね》り固めた家に住んでいて、家具一つない。もちろんトイレも水道も電気もない。それでも生きて行けるのに、何で日本人のように高額な借金をして家を作るのかまったく理解できないだろう。

会社で手形の心配をするのは、死ぬほど辛《つら》いという話を良く聞くけれど、手形を出す出さないの話は、やはりほんとうの貧乏人の世界の問題ではないのである。アジアの各地では、貧しい人たちがよく高利貸しにひっかかって深刻な問題になっているが、利率は百パーセントから三百パーセントである。祭の時の御馳走《ごちそう》がないから百円借りると、一年後には利子と元金とで二百円返さねばならない。百円もなかった人が二百円も返せるわけがないのである。

世界的に言って、貧乏の定義は、今夜食べるものがないことを指すのである。

世界のあちこちにはまだ乞食《こじき》がたくさん残っている。彼らが観光客に金をねだる仕種《しぐさ》の中には、片手を出すものが多いが、もっとはっきりしているのは、口に当てた手を差し出すことである。これはつまり食べ物を恵《めぐ》んでください、ということだ。

「この国で、ビール一本は労働者の一日の労賃に当たる」

つい先月私は南インドのケララ州から帰って来た。ケララというのは、ケラ＝椰子《やし》という意味を含む地名で、至るところに見事な椰子畑が続いている。バナナの木も多く、バナナが生える土地には飢餓がない、という私の判断を裏書きしている。土地の人も「ここは豊かな州で……」「初等教育が普及しているから、理屈を言う人が多くて」などと言う。

私がケララ州へ行ったのは、私が働いている日本財団と、海外邦人宣教者活動援助後援会という小さなNGOと二つの組織が、それぞれにロヨラ・スクールと呼ばれるイエズス会の修道院が経営する学校に付属する寄宿舎を建てたからだった。お金を出した以上、必ず後から実績の調査をする、というのが人のお金をお預かりしている者の任務だと私は考えているからである。

ロヨラ・スクールと寄宿舎はきちんと建っていた。報告の方法にいささか食い違いはあったが、出したお金が個人の懐《ふところ》に流れて学校や宿舎は建っていなかったということはなかった。しかもそれらは、目いっぱい有効に、もっとも貧しい疎外《そがい》された部族の子供たちのために使われていた。

そういう貧しい社会では、調査に行けば待っていましたとばかり、次の援助の申請が来る。私が個人的に三十年近く働いて来た海外邦人宣教者活動援助後援会の方にも、さまざまな申請の申し込み書が渡されたが、その一つは、先生の給料を援助してくれないか、ということであった。

今のロヨラ・スクールの先生の平均的な月給は四千五百円である。世界的に労働者の収入が一日一ドル（百円ちょっと）であることを思えば、インドの教師の日給は百五十円になるわけだから、ほんの少しレベルは高いということになる。もっともこれは私立校であるロヨラ・スクールの給与体系である。

これに対して、インドの公立小学校の先生の月給は一万五千円前後になる。つまり三倍以上である。それでたくさんの先生が、給与のいい公立に流れてしまい、長い年月生徒をずっと見ていてくれる先生がロヨラ・スクールの方にはいなくなる。今のところ、その危機を一部埋《う》めてくれているのは、月給に関係ない修道女の先生たちだけだ、と言う。

それでロヨラ・スクールの関係者は、私たちに月給の差額を補《おぎな》って欲しいと言うのである。

物価は確かに安い。朝飯を村の上等の食堂で食べても、一人前七十円くらいである。私がインドを去る最後の夜に、ゴアという観光地のホテルで、一番高い千五百円のエビ料理を注文した時、イエズス会のロッシ神父は、柔らかい口調ではあったが、どうしてそんな高いものを食べるのか、と反対の意見を漏《も》らした。「日本では食べられないんです」と私は反省もせずそのまま浪費を許してもらい、神父は自分は五百円に満たないまぐろのステーキを注文した。それでも彼にすれば、一生で初めてくらいのばか高い料理を食べたのである。

「この国で、ビール一本は労働者の一日の労賃に当たる」

と神父は私を諫《いさ》めるように言う。こういうしっかりした人がお金の出入りを握っているから、私は今までここにお金を出して来たのである。

栄養よりも満腹になることが最大の目的

ほんとうに私は今までどこでも、申し訳ないほどの贅沢な宿賃や食費を出して来た。一泊二百ドル（約二万円ちょっと）という外国のホテルは、決してビジネス・ホテル並みの安さとは言えないが、日本でもそんなに珍しいことではない。しかしひと月二万円で十人、十五人の人が暮らしている修道院などいくらでもあるから、私などはその話を聞くととても肩身が狭くて、そんなホテルに長くはいられなくなるのである。

食べると言っても、私たちが考えるような栄養を考慮したものではない。まず腹がくちくなることが最大の目的である。

土地によって主食が違うが、彼らは、パンのようなものにせよ、ご飯のようなものにせよ、イモの蒸したようなものにせよ、毎日毎日同じものを食べ続ける。それらにちょっとしたソースのようなものをかけたりつけたりする。それでも食べるものがあれば、ほんとうに幸せだ。

アフリカの各地では、私は時々最高の御馳走として山羊《やぎ》料理を振る舞われたが、これは村長さんからの贈り物、ということが多かった。山羊のシチューが大きなホーロー引きのボールに出され、それに添《そ》えられた蒸しパンのようなものをめいめいが手で千切《ちぎ》って浸《ひた》して食べるのである。

初め私などは、せいいっぱい食べなければ相手に悪いと思っていたが、次第にもし食べたくなければ、ほんのちょっと口をつけるだけでいいのだ、とわかって来た。何しろ外には、女性と子供が何十人と待っているのである。

アフリカでは男性と客が先に食べる習慣を持つ部族が多い。残りを女性と子供が待っているのだ。食べ残しは失礼、などという心理的余裕は入り込む隙間《すきま》がないのである。

村長さんの御馳走ではなく、私たち自身が持参の食料を食べたことも何度もある。サハラを縦断した時など、マリという国へ入っても、そこにはレストランのある村など当分現われない。私たちは村はずれの木蔭に車を停め、パンを切り、缶詰を開ける。するといつのまにか子供を抱いた母親などが、集まってじっと私たちの手元を見ている。

赤貝や牛肉の缶詰を、少し汁が残ったまま最後に私たちはその場に捨てて行く訳《わけ》だが、その時、女も子供も争ってそれを拾う。大人の女が、子供に譲《ゆず》るということなく、まったく同等に争って取る。まず残った物を口にし、それから缶詰自体を持ち帰る。

食べかけを渡すのは失礼だという思いが長い間、私から抜けなかったが、やがて心を切り換えて、わざと少し残したものを手渡すようになった。それでも心は痛んだままだった。

電気料未払いで蠟燭《ろうそく》を使う在日大使公邸

緒方貞子《おがたさだこ》国連難民高等弁務官がアフリカの難民の視察に行かれる時に、随行記者の申請をしてお供をしたこともある。緒方貞子さんは私の大学の上級生で、昔からよく知っているのである。

高等弁務官が来られるとなると、そのお出迎えのすごさは国賓《こくひん》クラスである。何十台ものUN（国連）の車両が集まるのは、決して緒方さんが仰々《ぎょうぎょう》しいお出迎えを好まれるからではない。もともと何にもないほんとうの田舎である。私たちの考える町らしい賑《にぎ》やかさもなく、映画館もなく、レストランもホテルもない。高等弁務官が来られるということは、数年に一度あるかないかの光栄あるイベントである。

だから彼らは歓迎に駆けつける。そのついでに当てにしているものもある。皆に振る舞われるランチである。決して豪華なメニューでもないのだが、豚の丸焼きが出された地方もあった。焼き肉やお菓子は必ず出る。国連の現地職員といえども、そんなものが毎日食べられるわけではない。

だから彼らは、黙々として食べる。下級職員になると、会話を楽しむ余裕などない人も多い。中には焼き肉の切り身を民族服のポケットにじかに突っ込んで家族に持って帰るのもいる。だからお振る舞いの料理はあっというまになくなる。

緒方さんはそれも必要なことを知っておられるだろう。人間、物質だけでもないが、物質的にいささかの潤《うるお》いがないと、働く気力もなくなる。汚職も出るかもしれない。たまに人々が満腹し、ささやかな幸福を味わうことが悪いわけがない。その上で緒方さんは現地職員から、どこが問題か、何が必要かを聞いて行かれる。

日本人は職業によって収入を推《お》し量《はか》る。大学教授なら、かなり上等な暮らしができるだだろう、と推測する。一般に大学教授は、その国では日本では考えられないほどのエリートなはずだ。しかしそうでない国もある。

国が数カ月、一年、あるいはそれ以上も月給を遅配して払わないのだ。だからその国の教授たちは、その日食べるものにも事欠くようになる。奥さんたちがわずかな手内職をしたり、仕入れて来た豆を売ったりして日銭を得て生きている。そのご主人というのは、英語もフランス語も完全な堂々たるインテリで学者なのだ。

その国の日本の大使館では、大使公邸の電気が切られている。さすがの東京電力も、数百万円もの電気料を不払いにされているので、もうこれ以上給電をし続けるわけにいかなくなったのである。

ある日本人が、その国に入るためにヴィザをもらいに行くと、大使は使用人もいないオフィスに蠟燭《ろうそく》片手に現われたので驚いた、とその人は話してくれた。いくら本国に大使館の運営費を送るように申し入れても、金を送って来ないと内情を話してくれた人もいる。

「帰ろうにも帰りの飛行機代がないのと違いますかね」とその人は呟《つぶや》いていた。

日本では、ホームレスの人でも、その日食べるものがないことは例外のようである。地方自治体がパン券などを出している。だから日本人の中で、貧乏とはどういうものか知らない人がいても少しも不思議はないのである。

9章　「家」——病人を屋根から下ろす

家の形は必ずしも四角でなくてもいい

私の頭の中にいつのまにか固定されていた「家」というものの概念は、恐ろしく単純なものだった。

基本的には四角い壁がある。窓とドアがついている。屋根がある。それが原型だ。絵を描くのが下手糞な私のような子供は、全部そういう家を描く。

もっとも現実の屋根は四角い構造がさまざまな形に連絡されていたり、地方の旧家の豪邸などでは、棟《むね》に美しい曲線がつけられていたりして、眺《なが》めるだけで人を惹《ひ》きつける。私が育った昔の家などは、西洋の家ならば窓があるところが全部ガラスの引き戸で、夏は開けっぱなしだった。そうしないと、空調などなかった昔の家では、日本の湿気を追い出すことができなかったのだろう。

私は二十四歳の時まで外国に出たことがなかった。戦前の日本の生活では、長いこと汽船に乗って行く外国旅行など考える庶民はいなかったし、戦後は外国へ出ることも禁じられていた。日本国家全体が戦争で疲弊《ひへい》していたので、庶民が使えるドルなどなかった。だから私が見る西洋の家というのは、写真か絵であった。それらの家もすべては四角い壁に勾配《こうばい》のある屋根がつき、煙突や窓の飾り格子《こうし》が見慣れないエキゾチシズムを感じさせた。

初めて家は四角いということはないのだな、と感じたのは、もう中年になってエジプトの砂漠に行った時である。発掘現場の棟梁《とうりよう》が私を家に招《よ》んでくれるという。なかなか招待してもらえるところではないので、私は喜んででかけて行った。

まず驚いたのは家が、しいて言えばひょうたん型をしていたことだった。というより明らかに四角ではない。泥を固めて思いつきで必要な面積だけを作っていたら、ある形になったというだけのことで、一定の長さの壁が一番大きな面積を作れるのは円だが、その家は別に円形でもなかったのである。家の形は必ずしも四角でなくてもいい、自由自在で構わない、ということを、私はその時認識したのだ。

「晴れりゃまた乾く」という思想

私はその時屋根についても固定観念から解放された。その家はリビア砂漠の端にあり、アスワン・ダムができる前までは一年中雨が降らないところだった。だから屋根は、恐ろしく簡単だった。日本の屋根は、雨を防ぐことと気温調節が大きな目的で、従って気密性が要求されるが、砂漠の屋根の機能はたった一つ、日蔭を作ることだけしか求められていない。もともと木のない土地だが、私風に言わせれば、神さまは何か一つだけ最低必要なものだけは与えてくださるようになっているもので、そんな砂漠にでも、オアシスの水を引いて椰子《やし》だけは生えている。だから人々はその椰子を切り、幹を一種の材木として、腐食を防ぐために黒く焼いて梁《はり》の材料に使う。その上に干した椰子の葉をぱらぱらと並べれば、それで屋根葺《ふ》きは完了だ。砂嵐になれば、砂は入り放題だろうが、穏やかな日には、満天の星を椰子の屋根の間に見て眠る。

ところが、アスワン・ダムができたおかげで、砂漠にも変化が起き、驚いたことに「年中青空」のはずの砂漠に雲までが出るようになった。そんな砂漠は許せない、とか、信じられない、とか、私が無責任なことを言っていると、「ソノさん、雨が降る日さえあるんですよ」と土地に詳しい人が教えてくれる。

「えっ、そしたらあの椰子の葉葺《ぶ》きの家はどうなるんですか?」

と私が言うと、

「つまり濡《ぬ》れてるんでしょうな」

という。すべてあたり前のことだ。砂漠の生活は敷物と煮炊きの道具以外、家具が何もないのが原則だが、最近では、お父さんとお母さんの寝るベッドくらいはあるのだという（子供は地面に敷物を敷いて寝るのだ）。するとそのベッドが濡れてしまうわけだが、実は濡れるということに関しても、暑い土地の人たちは、私たちのように恐れない。濡れても「晴れりゃまた乾く」という思想が徹底しているのだ。

だから驟雨《しゅうう》の中で干された洗濯物が堂々と濡れたままになっている、という光景はよく見る。干した人が留守なのではない。濡れても晴れればまた乾く、と思うから急いで取り込みに行かないだけだ。ましてや出先で、干しっぱなしにして来た洗濯物のことを思うと、いても立ってもいられなかった、などというやわな神経はどこにもないのである。

材木なしで天井を作るという制約から考え出されたもの

自然はいじらない方がいい。ナイルも昔のままがいい、という論理は、砂漠の人たちがいつまでも昔と同じように、水道も電気もなく、洪水がもたらす沃土《よくど》を当てにして、川の傍《そば》だけで農耕をすればいいと言っていていいのなら、まことにその通りなのである。

しかしナイルのほとりの農民でも、電燈はほしい。アイスクリームは食べたい。

雨が降らなければ、大切なのは壁だけだ。一定の高さの壁があれば、盗賊も家に侵入しにくい。聖書の『ルカによる福音書』の5・19には数々の奇蹟《きせき》、殊《こと》に病人を治す奇蹟で有名になったイエスのところへ、男たちが中風《ちゅうぶう》を病《や》んでいる人を、運び込んで治してもらおうとする場面が出て来る。

「しかし、群衆に阻《はば》まれて、運び込む方法が見つからなかったので、屋根に上って瓦《かわら》を剝《は》がし、人々の真ん中のイエスの前に、病人を床《とこ》ごとつり降ろした」

と聖書は書いている。

この瓦という訳の原文はケラモスというギリシア語で、タイル、瓦という意味もあるが粘土をも指すのである。つまり昔の屋根は、こうした骨材に当たる椰子の葉などの上に粘土を載せてローラーを掛けるのが普通であった。だから一見、しっかりした屋根のように見えるのだが、その実、屋根が一番「手薄」な作りなのである。だから、壁を破ることはなかなかできないが、屋根に穴を開けることは、却《かえ》って簡単である。

アドベと呼ばれる日干し煉瓦《れんが》建ての家は、今でもエジプトあたりに残っている。こういう家は二階家もあるのだが、私などがどしどし歩くと、地震でもないのに家中がぶるぶる震動する。とにかく屋根より壁が厚くて丈夫だという概念は、日本人には理解しにくくい。このアドベは火で焼いているわけではない。どこでもいい、大きさも大小さまざまだが、たとえば地面にA４ほどの大きさの木枠を置く。そこに麦藁《むぎわら》などを刻《きざ》み込み、周囲にある土に水を加えてこねて練った泥を詰める。形がついたら、押鮨《おしずし》の枠みたいな外側の木枠を取り除く。そしてそのまま放置しておくと、泥から水分が出て干《ひ》からび、つまり日干し煉瓦が、その場でできるのである。これほど安い建築材料はない。

あるいは柱と柱の間に七、八センチの間隔で二枚の苫《とま》のようなものを張り巡らし、その間に水で練った泥を入れて行くやり方もある。これらの作業はいずれも乾季に行なわれるから、泥は自然に固まる。

しかし乾季に固まった泥の壁は、また雨季になると毎年外側から雨で少しずつ融《と》けて痩せて行く。それで六年とか八年とか十年とか経つと、ある日突然がさっと崩壊する。「誰それさんの家は、先月融けた」という言い方を初めてブラジルの地方で聞いた時には、ほんとうにびっくりしたが、それは当然のことなのである。融けた家は、文字通り火事にも遇《あ》わないのに、大地に還《かえ》って跡形もない。

イスラムの玉ネギ型のモスクなどのドームはどうしてできたかという説明も聞いたことがある。あのキューポラ屋根と壁が一般化している土地は、大体において水のない、大きな樹木の育たない所である。大きな木の柱などというものは贅沢品で、それを宮殿に使えるのは王や貴族などの特権階級だけだ。

一般の庶民は木材なしで、どうして屋根を作るか。壁はできても、天井《てんじよう》を張るための梁《はり》に使う木がないことになる。すると煉瓦だけで屋根を作らねばならない。

それで人々は考え出したのだ。煉瓦を丸く積んで行って最後に丸天井の真ん中に要石《かなめいし》をぽんと嵌《は》めると、ドームは崩れなくなるという力学である。あの形は装飾ではないのだ。梁用の長い材木なしで、どうして天井を作るかという制約から考え出されたものなのである。

生活に必要なものは身につけ、死後は思い出だけが残る

私たちは家というものを定住と同時に考えている。日本の男たちが、単身赴任を承認しているのは、自分は一時的に根無し草であっても、妻や子は、きちんとしたマンションや家に落ち着いているという安心感があるからである。

しかし地球の乾燥地域に住む多くの遊牧民は、歴史的に定住を考えてはいなかった。定

住できなかったのである。自分が属する部族の支配するオアシスは、厳密に他部族が使うことを禁じられてはいたが、貴重なオアシスの水の周辺にあって草の生える土地は決して広くはない。定住してずっとその近辺で羊が草を食べられるほどは生えないのである。だから牧畜民はテントに住まい、絶えず移動して生活する。そこでは移動式生活が基本となる。テントは聖書世界では黒山羊の皮で作った。初代キリスト教会を作って信徒たちをまとめて行くのに大きな功績のあった聖パウロは、ユダヤ教のラビ（先生）であると同時に天幕作りを職業としていたと言われる。

移動を基本とする天幕の生活では、家具というものを持てない。椅子もテーブルもなく、あるのは絨毯《じゅうたん》と鍋釜だけである。

金融機関を使った貯金などというものもできない。町に近付くのはいつになるかわからないからである。だからあるだけの財産は、金の装飾品にして身につける。足輪、腕輪、耳環、鼻環、首飾りなどである。

正統遊牧民の文化の中では、墓さえもわからない。死亡するとすぐ白布に包んで埋めるが、墓標もなく一個の石を置くだけのところもあるから、再び戻って来ても、確かこの辺に埋葬したというくらいしかわからない。

昔、私は暗殺されたサウジアラビアのファイサル国王の墓地というところに連れて行かれたことがある。醜《みにく》い塀《へい》の中は、何も知らない人が見たら、ところどころに石の転がっているでこぼこの荒れ地（空き地）に過ぎなかった。しかしその土地はすべて墓地なのであった。

墓標は一つもない。同じイスラムでも、メッカの方角に頭を向けて遺体を置き、そこに墓標を立てる土地もある。しかしサウジアラビアは本来の遊牧民の精神に則《のっと》って墓標さえも作らないというのだ。だから王の墓も、確かこの辺というだけである。過ぎさるものは、思い出だけで後をも留《とど》めない。私はそういう生き方が好きであった。

毎年、私は身障者や高齢者たちとイスラエルの旅に出る。その途中で砂漠の遊牧民のテントに泊まる経験をしたこともある。最近いささか商業化した遊牧民は客あしらいにも馴《な》れて来て、テントに何十人分ものマットレスなども常備しているし、何より水洗の簡易トイレも作った。それはいささか腹立たしい近代化だが、我々数十人がいっせいに外で用を足したら、後が不潔になるだろうから、いたし方ない。

砂漠は、健全な静寂に充《み》たされた空間だ。ラジオの録音室には死んだ静寂があり、砂漠には生きた静寂が満ちている。砂漠では、遠くの声が驚くほど明瞭に聞こえる。だから誰かにワルクチを聞かせたい時には砂漠で言うことだ。

その夜テントの中では中に多くの人が雑魚寝《ざこね》していたし、トイレに行く車椅子の人をいつでも気楽に運んであげられるように不寝番《ふしんばん》に就いている人たちは、隅の方でウィスキーを飲みながら楽しそうに談笑していた。それなのに、驚いたことには、その話の内容は十メートル離れたところではもう聞こえないのである。皮のテントというものは、非常によく内部の音を吸い取るものなのである。これはやはり部族の長老たちが、一般には伝えない秘密の会議をする時には便利であったろうと思われる。原始的な砂漠の生活にも知恵は満ちているのである。

10章 「気温」――思考と高温の関係

体力と鈍感さが買われ、アラブ諸国へ

なぜ私が頻繁《ひんぱん》に途上国に行くようになったか、ということを時々聞かれると、自分でも不思議に思うことがあるが、人間は、自分から望むと望まないとにかかわらず、そのような運命に導《みちび》かれることは珍しくないような気がする。

今でも思い出すのは、オイルショックを契機に、一九七五年、初めてアラブ諸国を訪れた時である。

私だけでなかったろう。その頃の日本人にとってアラブ諸国は実際の距離においても、意識の上においても、遠い遠い国であった。見たこともなく、存在を考えたこともない。砂漠も知らず、ラクダは上野《うえの》の動物園にいただろうか、という程度である。

日本の新聞は当然アラブ諸国に注目し、少しでも情報を与えようとし始めた。当然誰かが行って記事を書くことになる。その時私に白羽の矢が立ったということは、今考えても不自然なことであった。アラブ諸国では、女性が一人では旅ができない国も結構あって、もし新聞社がアラブ諸国の事情をよく知っていたなら、当然、男性の書き手を派遣したはずである。それほどマスコミもまだアラブに無知であり、レポーターを引き受けた私も何も知らなかったのだから、考えてみれば、むしろおめでたいことだったのかもしれない。

私は自分が選ばれたことについて、複雑な気持ちだった。体が丈夫だろうと思われたことはいいことだ。しかしどうも他に行き手がなかったから、私のところにお鉢《はち》が廻《まわ》って来たという感じがなくもない。他の男性作家は、大体私より繊細な人が多そうだった。暑いのはだめ、汚いのはだめ、それよりもっと酒が飲めないのはだめ。

私はインドに行った時から、世界にはたくさんの「ドライ・カントリー」「ドライ・ステート」があることを知っていた。つまり酒を飲むことを禁じている土地である。インドのすべての州の事情を私は知っているわけではないのだが、インドで酒が買えない飲めないだけでなく、世界中で多くの土地がそれに近い習慣を持っている。

アメリカだって、清教徒的な空気が濃い土地では、酒類は極めて買いにくいようになっていた。私が僅《わず》か三カ月ほど滞在したことのあるアイオワでも、酒はどこでも買えるわけではなかった。日本人の留学生の酒飲みどもは「郊外の変なところで売っている」という言い方をしていたし、うっかり買い損《そこ》なうと週末にはアルコール気なしで意気消沈していた。

アラブ諸国はイスラム教徒の土地だが、イスラムは人を酔わせる酒類を禁じているのである。酒は人間を心理的に、肉体的に、社会的に、破滅に導くことがあるからだ、ということになっている。

日本の作家たちは、暑くて酒なしのアラブ諸国になど聞いただけで行きたくないらしかった。ところが私は昔から寒がりであった。夏でも軽井沢《かるいざわ》などに行ったら冷え切ってしまう。その分暑さに恐怖を感じることはなかった。そのような鈍感さが便利だと思われて、私はアラブ諸国へルポルタージュを書くために派遣されたのである。

海さえ暑くて泳げない国では、涼しいのがごちそう

私は今までに自分が立ち寄った所で、四カ所だけほんとうに暑さに苦しんだ記憶のある土地がある。

サウジアラビアのペルシャ湾岸沿いの地方。

トルコ南岸、地中海に面したメルシン。

チュニジアのアルジェリアとの国境の塩原の町ネフタ。

モロッコのアトラス山脈の麓《ふもと》の町ワルザザート。

この四カ所である。

サウジの湾岸沿いの土地は、気温はせいぜいで四十五度くらいかと思う。もっとも直射日光の下では六十五度とか七十度くらいにはなるのかもしれない。しかしこの土地が辛かったのは、それに湿度が加わっていたからなのである。湿度は実に八十パーセント、あるいは九十パーセントにもなる。海も水蒸気で煙っている。すると、我々は発汗によって体温を調節する、という機能を失う。

私はそこで一人の日本女性に会ったことを今でも思い出す。アラビア石油の関係者の夫人であった。暑さの話が出たので、私は、

「こう暑くちゃ、海で泳ぐのがいいですね」

と言ったのである。すると、その夫人は真剣な顔で答えた。

「でも海は暑くて泳げないんです」

寒がりの私は、いつもプールに入る度に、水が冷たい冷たいと文句を言う。すると夫はプールの水がそんなに温かかったら、直《す》ぐ疲れて泳げなくなる、と言う。湾岸の海水は温泉と同じで、長く入ってはいられない、とその女性は教えてくれたのであろう。

しかしサウジでもクウェートでも、オイル・マネーはいくらでもあるから、すばらしい

設備の、宿泊料もうんと高いホテルを作っていた。この土地では、ホテルでもレストランでも涼しいのがごちそうだった。館内は二十五度、あるいはそれ以下に冷やす。

外気温と室温の差が、時には四十度近くに及ぶのである。これは健康によくないと知りつつ、私も涼しいホテル内に帰ってくるとほっとしていた。その時私は、一定以上の高温の中では(恐らくその反対の低温の中でも同じだろうが)人間は思考という作業が不可能になることを知ったのである。

食べたり飲んだり、紐《ひも》を結んだりものを運んだり、そういった原始的なことをして生きて行くことだけならいくらでもできる。しかし考えを分析し、組立て、共通項とそうでないものを分け、再び構築し、架空の条件で推移と結果を推定するなどという複雑な作業はまったくしたくなくなるのである。

この時、サウジ、クウェート、アラブ首長国連邦の三つの沿岸国を取材中に、私は今までにたった一回だけ外国旅行中に病気をしたことになる。多分大きな温度差を一日に何度も経験したからだろう。自律神経失調症になって、心臓の期外収縮が始まったのである。脈がやたらと早くなってしかも不規則に止まる。だから息が苦しくてたまらない。パニックにならなかったのは、私がこの病気のことをよく知っていたからであった。私は安定剤を飲み、一日飛行機を早めて帰国し、鍼《はり》の先生に通って、ほどなくこの奇妙な病気を完全に治してしまった。

団扇《うちわ》の効用

チュニジアのネフタと、モロッコのワルザザートは、両方とも荒野にある町で、当時、名ばかりのホテルは冷房がほとんど効《き》かなかった。エアコンの機械はごうごうと音を立て、体を振るわせて動いているのだが、夜中になっても恐らく気温は三十五度前後から下がらなかったのだ。

私は夜中に何度も眼を覚ました。室内はむっとした熱気である。ワルザザートでは真夜中に窓を開けてみたが、まったく風はない。白い箱のような家々がオレンジ色のナトリウム燈の元に悪夢のように拡がっている。植物はまったく見なかったように、私の心理は覚えている。動くものは一台のタクシーが来たのが見えただけだった。犬だけが遠吠《ぼ》えをしていた。犬も暑いのかな、と私は思った。ここはかつてのフランスの外人部隊の駐留地ではないか、と私は思い、その時ふと、彼らの生活を肌で感じられたような気がした。

外の方が涼しいかと思ってベランダに出てみても、やはり外気の方が暑いような気がして来るのである。仕方なく再び戸を閉めてシャワーを浴びる。わざと体をよく拭《ふ》かないで寝巻を着る。寝巻が濡れている間に、どうにか再び眠る、ということの繰り返しである。幸いなことに、私は団扇《うちわ》を持っていた。それで眠るまでばたばた扇《あお》ぐ。団扇というものが、未《いま》だにどれだけ有効か、この時に知ったのである。

トルコのメルシンに泊まったのは、聖パウロの調査の時であった。聖パウロの生まれたキリキアのタルススは、このメルシンの東二十キロにあった。

日が暮れ、夜になっても、とにかく暑い。メルシンは海沿いなのに、どうしてこんな暑さになれるのか。それはサハラの熱風が地中海を渡ってトルコにまで吹き込んで来て、ノアの大洪水の時、一番早く水面に顔を出したというアララト山にまでぶつかるからだ、と私が地理にも弱いことを知っている説明者は、物語風に教えてくれた。アララト山の効用は今もちゃんと残っているらしいのである。

私たちが泊まった海岸に面した安ホテルは、どうやって選んだのか忘れたが、調査団の予算に合わせて予約をしたからだろう、エアコンもないのである。再び団扇ぱたぱたの一夜が明けて、朝になって同行者に聞いてみると、一番利口《りこう》に見えた人は、床に濡れたバスタオルを敷き、その上に素っ裸で寝たというのである。もっとも「そんなことをすると風《か》邪《ぜ》を引くよ」という同行者の呪《のろ》いの言葉通り、彼は風邪を引いた。

暑いけれど苦しまなかった土地はインドである。インドでは室内で、華氏で百度、摂氏で約三十八度を超えているのに、土地の人々は「今年は涼しい」などと言っている。

ここではハンセン病院にいたので、冷房なしで暮らしたが、乾いているからとにかく眠れる。もっとも私はおろかにも夜少しでも涼しくしようとして、寝室の石の床に水を撒いたことがあった。しばらくするとジジイと虫の鳴くような音がした。何だろう。コオロギもいないはずだと思ってよく見ると、床の水はあっという間に乾きかけていたが、その水分が蒸発する音が、虫の鳴き声に聞こえたのである。

帰国後、私からこの話を聞いた夫は、私が実に科学的知識がないのが、このエピソード一つでもよくわかる、と言った。湿気を入れただけ暑くなるじゃないか、というわけだ。しかしインドでは車に乗ると、やはり濡らしたバスタオルを着る人も（日本人には）いる。車の窓はいつもぴっちり閉めるが、それは外気温が車内より高いので、熱風が吹き込むのを防ぐためである。濡らしたバスタオルなど、あっという間に乾く。

複雑な思考を遮《さえぎ》る暑さ、それでも人間は生きている

暑さに関して私がびっくりしたことをもう少し述べれば、暑い夏に発生すると私たちが信じているセミは、ほんとうに暑い所にはいないものらしい。アジアで平均気温がもっとも高い大都市と言われるタイのバンコックでは、セミの声が聞こえないらしいのである。

ある年、私は陸路バンコックからカンボジアのアンコール・ワットへ入ったのだが、同行の日本人の子供たちが、アンコール・ワットに近付いて土地の高度が上がるにつれセミの声が聞こえるようになると「わあー、セミだ！」と喜んでいたのを今でも覚えている。

私は暑さで、食欲を失ったこともない。眠れない夜はあっても、涼しい時間がくれば眠るから、それで健康を保ってもいられた。

一時期「年間を通して一度でも摂氏六度以下に気温の下がらない土地には、文化ができない」という説がしきりに言われたことがあった。誰の説だったか、私は忘れてしまったが、差別用語と差別思想に厳しい人たちは、これを聞いただけで怒るだろう。差別の心配などしなくても、今に地球の温暖化が進めば、北海道を除く日本全土が年間に一度も摂氏六度以下になることがなくなり、その頃、皆、本も読まなくなっているから、文化も消え

ていることが実証されるかもしれない。

その頃私は生きていないが、生きていたとしても、「私ゃ、ブンカなんかどうでもいいから、あったかいのが好きですよ」などとしゃあしゃあと言う嫌な婆《ばあ》さんになっていそうな気がする。

しかし重要なことは、暑い土地の自然の生活の中では、確かに継続的、構造的、仮説的な思考ができなくなる、ということだ。これは私の実感である。それでも人間は生きている。我々が、これが文化だというような文化がなくても、人は楽しく悲しく生きている。幸福の度合いも、電力で制御された快適な日本の生活の中で、鬱《うつ》病やノイローゼになっている人たちより大きいかもしれないのである。

11章　「疑心」——疑うという機能

人を疑うのは悲しいことか、悪いことか

日本では人を疑うということは、なぜか悪だということになっている。こう書いただけで、「あなたは疑うことが、いいと思ってるの?」と逆に非常識人かとんでもない性格の人間としての烙印《らくいん》を押されそうになる。だから声を揃えて、人を疑うのは悲しいことですなどと言うのだが、実際には、疑わない人の方が困ることをしでかすことが多い。

私の周囲にも、よく考えないで、友人が金を借りる時の連帯保証人になり、自分の家屋敷まで売らされる羽目になった人が何人もいる。外国で見知らぬ外国人から「案内してあげます」と言われ、その言葉に乗ったために、暴力バーに連れ込まれたり、レイプされたりする人もいる、と新聞や週刊誌はよく書いている。しかし日本人のおもしろいところは、それでもなお、相手を疑うことは悪いことだと考えることである。

疑うということに関しては、こう考えるのはどうだろう。

もしあなたが、「眠るということはいいことですか? 排泄《はいせつ》をすることは?」と聞かれたとしよう。あなたは多少とも困惑を覚えるはずである。

もちろん眠ることは健康にとっては非常に大切なことだ。しかし雇った店員が眠ってば

かりいたり、大学生が教室でいつも眠りこけていたら、それはやはり望ましいことではない、と考えるだろう。

排泄は人間の生理機能にとっては非常に大切なことだ。しかしやたらなところに排泄されたら伝染病が流行《はや》る。つまり「眠る」とか「排泄する」とかいうことは、そのこと自体はいいことでも悪いことでもなく、ただその機能が必要だ、ということなのである。疑うということも、まさにそれと同じなのである。

「ヨア・プライス。ノー・プロブレム（あんたがつけた値段だ。問題はないだろ）」

最近、日系アメリカ人とイスラエルを旅行した。土地の人たちが手造りでこしらえた肩掛け式の民芸風の布カバンを彼女はすっかり好きになってしまった。その値段が、旅の初めの頃に立ち寄った遺跡の売店では、日本円で三千五百円くらいだったかと思う。そのうちに他の場所でも同じようなものを売っているのを見ると、彼女はまず値段を聞き、それから少し値切るようになった。

すると値段はどんどん安くなった。正確には覚えていないのだが、約半分近くにまで下がったと言っていたような気がする。株ではないが、一個当たりの値段を平均して安くするために彼女は何個か買い増し、それはそれで親しい友達へのお土産《みやげ》ができたと喜んでいたのだが、最初に高い値段を吹っ掛けた商人には「こちらがお上《のぼ》りだと思って、まあニクラシイ」と笑い、「土地の値段を知らないと思って、倍近い値段でモノを売りつけるなんて、恥ずかしくないいんでしょうかね」と言ったので、今度は私が喜んでしまった。ずいぶん長い間アメリカに住んでいて、判断の形まですっかりアメリカ風になっていたかと思っていたこの人が、日本人の物の考え方をまったく失っていなかったので、楽しくなったのである。

しかし日本以外の土地の商人にとっては、それは少しも悪徳ではないのだ。商人がまず値段を提示し、相手はそれが欲しかったから、その値段で買うことを自由意志で承認するのだ。それがフェアーでないわけはないのである。

前にも書いたことがあるのだが（作家は読者が自分の書くものを読んでいないものと思うのが礼儀でもあるのでもう一度書くことにするが）ずっと昔、私たち夫婦は遠藤周作《えんどうしゅうさく》さんとイスラエルにご一緒したことがあった。ある観光地のお土産物屋で、遠藤さんは

「秘書にやるんや」と言ってネックレースを買おうとされた。アラブの商人は日本円で千円という。ここで言い値で買っては男がすたるので、遠藤さんはまず半値で「五百円」とおっしゃった。相手は少し考えていたが、すぐ「オーケー」と折れた。

その瞬間は遠藤さんも、うまく交渉して安く買ったと思われただろう。何しろ言いなりで買うより明らかに五百円は得をしたのだ。

ところが数歩しか離れていない所で、夫が嬉《うれ》しそうな声を上げた。

「おい、遠藤、これを見ろや」

五百円のネックレースとまったく同じものが、そこでは三百円で売られていたのだ。ということは、交渉次第では、まちがいなく二百円にはなるということなのである。

五倍、十倍の値段を吹っ掛けることは、中近東では決して珍しくない。私はイスラエルで、千二百ドルと店の主人が言った古いローマン・グラスを二百ドルで買ったことがあるし、インドネシアでは千ドルと言った安南《あんなん》の赤絵の壺《つぼ》を二百ドルで買ったこともある。どちらもそれほど欲しいと思ったわけでもないので、私は思い切って安値をつけ、相手が断《ことわ》ってくれれば買わなくて済む、と思っていたのだ。こういう場合、欲しくない方が交渉に勝つのである。

まったく同じネックレースを三百円で売っているということを知った時、やはり遠藤さんも、わずかなことだからなおさら子供みたいに「チクショウ」と思われたことだろう。しかしそれは同時に相手の商人の勝利を意味していた。その証拠に、遠藤さんに五百円で売りつけた小面憎《こづらにく》いアラブの商人は、わざわざ遠藤さんのところにやって来て、勝ち誇ったように言ったのである。

「ヨア・プライス。ノー・プロブレム（あんたがつけた値段だ。問題はないだろ）」

吹っ掛けられる値段。それを値切るのが生きる技術

いつだったか、どこだったか忘れたが、日本で公団住宅が売れ残り、仕方なく数年後に公団が値下げして売り捌《さば》こうとしたところ、住民の大反対に遇《あ》ったことがあった。公団側は、絶対に売出し価格は将来も変えないと言っていたのだから、高く買わされた分だけ自分たちの損失を補塡《ほてん》しろ、というのがその言い分であった。

こういう判断は、恐らく世界中のどこででも通用しない。マンションを買うと決めたのは、子供でもなく、判断のできない知能の劣った人たちでもなかったのだ。その人たち

が、強制されたのでもなく、その値段を納得して買ったのだ。

自由経済では値段は魔物だ。マリリン・モンローやベーブ・ルースが身につけていたものだとなると、途方もないお金を出してもオークションで落としたい人がいる。私がシンガポールのサンデー・マーケットで驚いたのは、古いタイプのコカコーラの瓶や缶に、けっこうな値段がついているのを見た時である。

ちゃんとした能力のある大人は、自分の判断と好みで、いろいろと駆け引きを使って値段をつける。公団相手の場合は駆け引きはないが、それでも他と比べて公団の方がいいと思ったから決めたのだ。それは一種の知能と気力の戦いだ。戦いに負けた時は、世界中の人が、自分の愚《おろ》かさに耐える。それを補塡しろなどという甘い話は聞いたことがない。

値段はあらゆるところで吹っ掛けられている。それを値切るのが生きる技術だ。たとえばもう三十年近く前のことだが、私はタイでタクシーに乗るためだけに、数語のタイ語を覚えることにした。当時のタイにはメーターがあるにはあったが、それは運転手の帽子かけになっていて、値段はすべて交渉するのである。私たちは定価がついているのが好きだが、世界中の多くの人は、値段を値切らないと買い物をした気分にならないようであった。タクシーには、現地のタイ人値段、タイに住むタイ通の外人値段、それと私のようなお上り観光客値段の三通りはあると言われていて、私はせめてタイ在住の外国人と思われたかったのである。

エジプトのルクソールでもナイルの渡し賃は三通りの値段だった。外人用、アラブ語を話す外人用、土地の人用である。アラビアのローレンスなら、土地の人用の値段で乗れたのかもしれない。

しかし私たちもただ値切ればいいというわけでもない。日本人でも、現地の事情を知り、言葉もできると、ぎりぎりまで値切りたくなる。絞《しぼ》り滓《かす》も残らないほど、相手の強欲を封鎖してやりたくなる。

たとえば、使用人に野菜や果物を買いに行かせると、必ずと言っていいほど、実際に買った値段より高く言うのだ。それが手数料として、彼、または彼女、の収入になるのである。

「誠実」よりも「対立」が基本の世界

私は長い間、仕事をしていて、家事一切をお手伝いさんに頼んでいた。わが家にはいつも私が「うちの奥さん」と言っていたほど、信頼の置ける「主婦」がいたのである。今でも覚えているのだが、ある日私は風邪を引いて食欲がなくなりかけていた。お刺し身なら食べられそうだったので、私は「奥さん」に夕食のおかずはお刺し身にしてください、と頼んだ。しかし夕食の食事にはお刺し身はついていなかった。

私はほんの少し不機嫌になった。あんなに食べたいと言っておいたのに、という感じだった。すると彼女は言った。

「今日は、あんまりお刺し身が高かったので買ってきませんでした」

こういう誠実は、日本以外のどこを探してもないのではないかという気がする。自分のお金でもないのに、まるで自分のお金のように倹約をする、というのは、「その人の立場に立てる」ということなのだ。しかし多くの外国の文化は、自分の立場は自分の立場、他人の立場は他人の立場なのである。対立が基本だから、そこには常に一種の経済戦争や民族戦争が続いている。国家の代表が公《おおやけ》の席で言う社交辞令か政治辞令ならいざ知らず、普通の日本人が考えるように、「皆仲良くやりましょう」などと弱い個人が言えるわけがないのである。なぜなら、おっとりと分かちあえるほど、世界中の人は、水も食べ物も金も医療設備も交通機関も持っているわけではないのだ。ある程度は、力ずくでも相手から自分が奪う必要があるのだ。

人の心を、自分の価値判断で推《お》し量《はか》ってはならない

毎年四月の下旬から五月上旬にかけて、私はイスラエルを旅行していることが長い年月続いていた。五月二日の夕刻から、イスラエルは「虐殺《ぎゃくさつ》による殉教《じゅんきょう》者と英雄の記念日」を迎える。ナチスの強制収容所で、六百万人が死亡したのを記念する日である。

その日は記念行事もあるが、私たちの目に触《ふ》れるのは、あちこちのイスラエル国旗が半旗になること、テレビから音楽番組がなくなること、ホテルのロビーに死者たちを悼《いた》むローソクが灯《とも》されることなどであった。

翌日の午前十時には、いっせいにサイレンが鳴り、バスも自動車も停止する。そして自動車の人は、車外に降り立って二分間の黙禱《もくとう》を捧げる。私たちはバスだったので、外へ降りることはせず、車内で立ち上がって祈った。

その時、私は大変おもしろい光景を見たのである。私たちのバスのすぐ傍を、二人の人物が歩いていた。一人は長い上着を着て、スカーフで髪を隠したアラブの婦人だった。も

う一人は梯子《はしご》を担《かつ》いだ初老の男性だった。

サイレンは決して小さな音ではない。いったい何が起こったのだろう、と思うほど鳴り響いている。

いかに犬猿の仲でもユダヤ人が六百万人も殺されたのだ。死者くらい悼んでもいいではないか、と思ったが、その二人は、まったくサイレンの音など意にも介《かい》さず歩き続けていた。殺されたのはユダヤ人であって、アラブ人ではないのである。そしてもしかすると、ユダヤ人は、殺されるだけのことをしていた、などと、彼らは思っているのかもしれない。

人の心を、自分の価値判断で推し量ってはならない。日本人のもっとも下手な心理の操作は実にこの辺にあるのかもしれない。

12章　「清潔」――使い捨ての再利用

清潔なことは本質的なことか

人間の暮らしが清潔かどうかなどということは、あまり本質的なことではないと思うし、自分は清潔で他人は不潔だ、と比較することくらい、単純な優越感もない。日本人でもある作家は、終戦以来歯を磨いたことがないと言っていたし、私はサハラ砂漠を縦断した時、丸五日、顔も洗わず、歯も磨かず、着替えもせずという生活をしてまったく平気だった。平気だったというだけではなく、実に爽快《そうかい》であった。普段自分は着替えだの、化粧だの、歯磨きだのということに何と長い時間を無駄に費《つい》やしていたのだろう、と改めて愕《がく》然《ぜん》としたくらいだった。砂漠での原始的な暮らしは、私に想像以上の豊かな時間を捻出《ねんしゅつ》してくれていたのである。

私は未《いま》だに清潔がどれくらい大切なものか、実はわかっていないのである。確かに癌《がん》の原因にさえも不潔があげられる、という説を読んだことがあるが、私自身は普段食事の前に手を洗うという習慣もない。電車の吊《つ》り革に摑《つか》まったままの手でサンドイッチを食べてもまったく気にならないのである。他人に「あなた不潔ね」と言われても、この年になると、あまり傷つきもしない。手を洗わないと食欲が出ない、という人の方が不自由だろうな、などと考える。

しかし常識的に考えると、確かに、途上国の人々の暮らしは不潔というべきだろう。その理由は簡単で、水道というものが各々《おのおの》の家にないからである。

洗濯の仕事から解放されている土地

私は上水道というものを持たないたくさんの人々が、どれだけ遠くから水を汲んでいるかを厳密に調べたことはない。その理由は、聞いたところで正確に答えられる人はあまりないだろうと思うからだ。アフリカでは、あと何時間か、とか、どれだけ遠いか、とかいうことに正確な答えを期待するのはまず無理なのだ。

とにかく頭の上に水瓶を載せて、腰をしゃんと伸ばして、女性たちが水汲みに行く姿は絵のようだが、片道十分として（そんな近くに水があるのは運がいい方かもしれない）も、運んで来る水で充分に沐浴《もくよく》をしたり、洗濯をしたりする余裕はとてもないのである。

しかし非常に貧しいフィリピンの村では、人々はよく洗濯をするという。それよりもう少し貧しいアフリカの村で、なぜ人々がほとんど洗濯というものをしなくなるか、ということに、私は正確な答えを出せるとは思えないのだが、それは多分、彼らが水を得るのがむずかしい暮らしをしているからだろう、と思う。

アフリカの生活では、人々は信じられないほど長い時間を薪採《まきと》りと、水運びに費やす。そのどちらも女の仕事だ。妻を失って娘もいない夫が残された場合、誰が水を汲《く》みに行くかも私はまだ聞いたことがない。しかし男が水汲みに行く姿を私はまだ目撃した記憶がないのだ。

薪運びは子供もしているが、頭に薪の束《たば》を載せて何キロも歩いているのは、やはり女性である。難民キャンプの中で燃料の灯油が配給される時さえも、取りに行くのはやはり女性だという。灯油は重いから、日本ではしばしば石油ストーブに給油するのは「お父さん」の役目だ。誰が何をするかは、日本では、その仕事の難易度による。男女同権と言いながら、やはり重いものを持つ仕事は一応男の分担となっているのである。しかし中近東・アフリカでは、分担する仕事は、重さや距離などと関係なく、ひたすら職種によって伝統的に決まっているように見える。

アフリカの女性の仕事は、日本より忙しいのか暇《ひま》なのか、それも私には答えられない。貧困も飢餓も必ず燃料の不足と対《つい》になって表われる。もともと無計画に木を切り続けて来て植林を怠《おこた》っていたり、農業のための野焼きをしたりして来たところが多いので、薪にする木が次第に村の近辺にはなくなり、女性たちが補給できる森は次第に遠隔の地になる。時には一日で行けないような遠くまで薪を取りに行くという話を聞いたことがあるがほんとうだろうか。頭に載せられる薪の量は限られているから、それを煮炊《にた》きに使ってしまえば、数日後には再びもっと遠いところまで薪を取りに行かねばならない。

その間に水汲みという仕事も待っているのだ。それも女性の仕事である。聖書の中の数々の物語も、女性が井戸の畔《ほとり》に登場する。そうやって汲んで来る水は飲料の分だけで手いっぱいだから、とても洗濯にまで廻す余裕はないだろう。だから必然的に、暮らしの中から洗濯という部分は欠落する。

洗濯をしなくていいから暇だ、とは言えない。何しろ女性たちは毎日子供を指揮してその日の夕食の分の米を臼《うす》と杵《きね》で搗《つ》かねばならないところも多い。いや、それ以前にも稲から脱穀《だっこく》をするという重労働も女性の仕事だ。機械で脱穀するのではない。マダガスカルでは干した稲の束をつかんで、穂先を石にうちつけて、稲束から穂の部分を分ける。

しかし洗濯の仕事からは明らかに解放されている土地はある。洗濯をしない、ということだけだって、人生はずいぶん気楽で暇になるのだ。洗濯機の中に洗濯物がたくさん溜《た》まっているというだけでノイローゼになるなどということは、こういう土地ではないのだ。

衣服は洗わずに着続けて、時々気分を変えるために着替えるだけという土地はある。ブラジルの貧民窟《くつ》ではそうだった。脱いだ衣服は畳んで一定のところに置くということもしない。脱いだら、その場に牛のウンコのように落として置く。畳んだりしまったりすることを考えないだけでも、ずいぶん時間が出るだろう、と私などはトンチンカンなことを考える。こうした貧しい人たちは、実はシャツやズボンなど意外に数だけはたくさん持っているのだ。皆がお情けでくれるものが長い年月に溜まっているのである。その何十枚ものTシャツやズボンをほとんど洗わないで取っ替え引っ替え使っている。

垢《あか》のついた衣服は、垢が繊維を腐らせるから、垢が濃厚に付いたところから破れて行く。「煮染めたようなボロ」とか「鬼界ケ島《きかいがしま》の俊寛僧都《しゅんかんそうず》がまとったと思われる荒布《あらめ》のようなボロ」というのはそれであろう。

赤ん坊におしめをさせない土地はいくらでもある。熱帯ではスッポンポンでも別に寒くはないのだから、それでいいのだ。お母さんは腰骨の上や、お尻の上に、股を開かせた赤ん坊を載っけるようにして抱いたりおんぶしたりしている。その部分の衣服がじわっと濡れて何となく温かいような感じがしたら、つまり赤ん坊はおしっこをしたのである。しかしおしっこで濡れたからと言って着替えるわけでもないらしい。乾かせばいいだけである。

不潔な病院がさらに病人を増やしている

先進国型の医療を取り入れたところでは、産院でも赤ん坊におむつをさせるように指導した。マダガスカルで、日本人のシスターたちによって経営されている産院も新生児におむつをさせていた。しかし母親たちは、おむつが濡れたらいちいち洗うなどということはまったく考えなかった。濡れたおむつはそのまま病室のあちこちに吊るして干して置く。尿《にょう》というものはバイ菌がいないのだからそれでいいのかもしれないが、病室はおしっこの匂いでむんむんして来る。

病院というものを見る時、かなり不潔に強い私でもひしひしと恐ろしさを感じる時がある。別に建物の損壊の状態が、そのまま不潔につながるわけでもないのかもしれないが、廊下の壁は落ち、電気は切れたまま、階段の端は欠け、窓ガラスなどいつ拭いたかわからないような建物もざらである。検査室の天井には大きく穴が開き、たぶん雨は漏《も》り放題だろう。床のタイルもなくなってコンクリートが剝き出しになっている、という病院も決して珍しくはないのだ。検査台の上には、やっと顕微鏡が一台だけ。ほかにはまともな資材は何一つない、という光景も一つの典型である。レントゲンの機械はあるが、もう何年も壊れたまま化石のようになっている、と説明されると、「ああ、お宅もですか」と相槌《あいづち》をうつようになった。

エイズの患者は信じられないほど多い。ブルキナファソのボボ・デュラッソという第二の都市の国立病院では一九九〇年代の半ばころ、入院患者の三人に一人はエイズだった。それでも別にエイズ患者だけの専門の病棟があるわけではない。普通の入院患者の隣のベッドに、骸骨のように痩せ細って、もう何一つ治療らしいものをしてもらえないまま、死にかけている患者が寝ている。彼の母が、私を外国人の女医と思うのか、救いを求めるような視線を投げるが、私は顔を背《そむ》けてそこを通りすぎるほかはない。

どこもかしこも衛生器具や資材の不足は深刻だ。

私が訪ねた中央アフリカの幾《いく》つかの国の病院では、首都の代表的な病院以外では、使い捨て注射器が必要なだけあるところの方が例外だろう。かつての宗主国《そうしゅこく》が建てたままの病院の建物は、数十年の年月の間ろくな補修もしていないので、今はもう廃墟《はいきょ》に近い。そういうところを訪ねる度に、私たちは注射器を何十本か持って行くのだが、そんな数ではとうてい焼け石に水なのだ。しかし仕方がないから先のことを考えずに、とりあえず置いて来る。向こうももちろん喜んではくれる。

しかし同じ日の夕方になると、どうしても私はその結果を考えずにはいられない。注射器がまったくなくて、むしろ注射は一切できない、という方がいいのかもしれない、などと素人の私は考えるのである。こうした病院では、必ず使い捨ての注射器を実は再利用している。使い捨て注射器の材質は従来のガラスのものと違って煮沸したら形が狂ってシリンダーが曲がってしまう。つまり完全に煮沸消毒したら、その注射器は再び使えなくなる。だから水で洗うだけくらいで再利用する。そうして再びエイズが蔓延《まんえん》する原因になる。

注射器だけではない。病院の検査技師などが使う手袋もないところが多い。看護婦たちは、血液検査をするのに、平気で素手で採血をしている。アフリカの医療施設の不潔は、もはや感覚で許せる許せないの段階ではない。もはや病院自体が感染の機会を作る場所になっているとしか思えない。

子供たちが家に帰りたくない理由

学校はあっても、トイレや手を洗う設備のまったくないところなどごく普通だ。生徒は、休み時間に皆、近所の空き地などあちこちに散って行って用を済ませる。紙は使わないから、痕跡はあまり残らない。大便は草や石で拭くか、全然拭かないか、である。インドのようなところは水を汲む小さな容器を持って行って始末するから、水を使う習慣のない日本人よりずっと清潔である。

トイレがあってもマダガスカルのある学校では、約百人に一個の割合だった。事実上使用できる状態ではない。

私が働く小さなNGOは、今までに学校にトイレを作ることにもお金を出して来た。しかし、私はそのことについてもまた悩むのである。子供たちがもし、トイレがある生活が当然と感じるようになったら、教育の目的は達成するのだが、彼らは自分の家に帰って不自由を感じるようになっているはずだ。家庭を不満に思う要素など我々は作っていいのだろうか。

貧しい家の子供や、捨てられた子供たちを入れる寄宿学校はたくさんある。そこでシスターたちは子供に掃除や洗濯や縫い物を教え、毎日水浴をさせてこざっぱりした生活をさせる。もちろん質素なものではあろうが、食事も欠かすことはない。

そしてシスターたちは、できるだけ休みの日には子供たちをいったんは捨てた親元に帰してやるようにする。しかし帰るのをいやがる子供も出るのだ。帰っても母親はアル中だ。男を引きずり込んでいる母もいる。そして何より食べるものがない。そんな家に帰りたがらなくなる子供を作る一つの原因は、先進国並の教育と援助なのである。

13章　「旅」――世界は村だけ

ほんとうの「旅人」とは

執拗《しつよう》な不景気が続いているというのに、最近の日本は、外国旅行ブームである。パリもロンドンもフランクフルトもローマも、日本人の観光客で溢《あふ》れている。一番目立つのは中年以上の女性客、次にどうしてお金があるのかと思うような若い男女である。

郵便局の定額貯金が、今年から来年にかけて満期となるのでこうした客が増えたのだ、と私に教えてくれた人がいた。グループのツアーは安いとはいえ、やはり普通は十数万円から数十万円の出費である。大金が戻って来たのを幸い、念願の海外へ行くというのも決して悪くはないが、日本人の旅行者の行動半径は、信じ難《がた》いほど大きい。

先日も百カ国以上も旅をした日本人の女性の話が雑誌に出ていた。それも多くの場合、一人で出かけるのだという。こういう強靭《きょうじん》な精神を持った旅行者がほんとうの「旅人」というものだろう。しかし今までで私が一番驚いたのは、アフリカの、普通の人はどこにあるのかわからないような国を一晩か半日ずつ旅行して廻るグループがあるというガイドさんの話だった。一晩だけしか泊まらないのでは疲れるだけで、ほとんど何も見られないのに、と私が驚くと、彼らの目的はパスポートに入国のスタンプを集めることなのだという。

他人の趣味をとやかく言うべきものではないから、それでいいのだが、こんなもったいない話はないし、それがまともな外国に対する接し方とはとても思われない。

日本人は金持ちだから、子供の時から親に連れられてハワイに行ったり、大学生の時に、パリやウランバートルへ行くのだってそれほど珍しいことではなくなっている。

日本人が比較的平気で外国へ行くのは、多くの場合団体旅行で、守られているからである。「はい、今夜のホテルはここです」「明日は何時に出発です」ということは、ホテルの前に観光バスが着き、翌朝は再び来ているということだ。それに乗れば、掏摸《すり》にも遭《あ》わず、地下鉄の行き先を乗り間違えることもない。今晩の夕食を、財布と相談しながら、どこで食べるか考える必要もない。

昔から世界の観光地をフィルムで見るというやり方があった。今はヴィデオで見れば、エベレストの頂上だって登った気になれる。そこには辛さも危険もない。寒さも、乗物の時間遅れも、ホテルの周囲が騒音で煩《うるさ》くて眠れないこともない。しかしそれは旅ではない。擬似《ぎじ》旅経験である。

外国へ行くということ

しかし多くの世界の人たちは、ほとんど遠くへは行かない。自分の国を出たことのない人はいくらでもいるし、アメリカ人の中にも定年になってリタイヤしてから、初めてヨーロッパ旅行に出かける人は、いくらでもいるだろう。

誰にとっても外国は遠く、金が掛かり、しかも恐ろしいところなのだ。だから大決心をして出かける。ヴァチカンには、今でもミケランジェロのデザインした中世的衛兵の服装をして槍《やり》を持ったスイス衛兵がいて、観光客のカメラの被写体になっているが、彼らのほとんどが、スイスの田舎の青年で、何とかして官費で憧《あこが》れのローマに行きたいので、スイス衛兵に応募するのだという。古来王宮を外国の傭《よう》兵《へい》に守らせるのは、ヨーロッパの王室においてはよくあることであった。自国の兵隊は、さまざまな理由で信用できなかったからである。

ヴァチカンというのは、ローマの中にある小さな市国で、つまりイタリアである。スイスとは隣の国だ。隣国からローマまで観光旅行に出て来るくらい何でもない。飛行機を使わなくたって一晩バスの中で寝れば、安く来られるだろう、と思うが、現実にはスイスの素朴で質素な生活者の感覚では、ローマへ出ることは経済的にも心理的にも社会的にもなかなか難しい。しかし若者はやはり外国を見たい。だからローマでお金をもらいながらお勤めのできるスイス衛兵に応募するのである。もちろんその他にも、スイス衛兵になることはキリスト教の守り手になる誇らしさも付随するだろう。一族の中でも、親戚の誰それがスイス衛兵に選ばれたということは、社会的教会的名誉と思われているようである。それほど隣の国へ行くことでさえ多くの人にとっては大事件なのだ。

一九六〇年、私はブラジルのアマゾン河口にいた。そして一人の日本の大手商社マンと知り合った。当時の移民はまだ農業移民が多く、その中には農地の土壌の質はよくても、出来た農産物を一体どこに持って行けば商品として市場で売れるのかわからないほど奥地に入れられた人も多かった。

「何しろ百キロ平方に人口が二人しかいない土地なんていうのがあるんですからね」

と彼は言った。そんなところで、トマトがたくさん採れても、自分の家族が生きて行くには助けになるだろうが、現金収入とは結びつかない。そのようにして日本政府に「移民」ならぬ「棄民《きみん》」をされた人も多いのだ、と彼は私たちに言った。

何しろ当時のアマゾン流域は凄《すさ》まじい土地だったという。マラリアにかかる恐れのある蚊《か》がたくさんいて、昼間ご飯を食べる時でも蚊帳《かや》を吊っていないと、口に蚊が入ってしまう、と言う。開墾《かいこん》は信じられないほどの重労働だった。

「どうして早々と、あきらめて出ていらっしゃらないんですか？」

と私はその人に言った。当時の私は、まだ三十歳前で、ほとんど世の中のことがわかっていなかったのである。

「出て来ようにも、お金も食べ物もないんです。その日暮らしですから」

送り込まれた移住地から、河口のベレンに出て来るまでにも、船旅で二カ月近くかかることもある。その間食べて行く手段がないから人々は出て来られなかったのである。人は同じ国内でも移動できないことが多いのだ。

自分の国がどこにあるのか……地図を見たことのない子供たち

インドの北部の貧しい村に調査に入ったことがある。名前をはっきりさせたくて探してみたのだが、当時のノートが見つからない。とにかく一晩、冷房もない暑い暑い夜行列車に乗って行ったのだ。窓には鎧戸《よろいど》の日除《よ》けを下ろしておく。そうでないと停車の度に、開けられた窓から物乞いや泥棒の手が入ってくるから、ハンドバッグは枕代わりに頭の下に敷いて寝ているが、それでもかっぱらわれそうで危なくてたまらない。ソノさんは大の字になって寝ていた、と私は同行者に浅ましい寝姿を観察されている。体の一部が重なっていたら暑くて眠れないので大の字になるのである。それでも私たちの寝台車は最上等であった。その上私は、当時インドの寝台車に乗る時には、必ず濡れ雑巾《ぞうきん》を用意して行くという知識もあった。

寝台車に布団《ふとん》やらシーツやらがあると思うのは日本人の先入観なのである。二段式のベッドは、ビニール張り、しかも発車する前から、すでに砂埃でざらざらだ。ただそれだけで何もない。こちらも汚れて惜しいような服は着ていない。木綿のTシャツ以外にはナイロンなどとうてい着られない暑さである。でも私はぜいたくな気分が抜けなくて、埃でざらざらのシートにはあまり寝たくない。それで素早く持参の雑巾でシートを拭くのである。駅のホームにはたいてい飲料にはならないが一応水道があるので、何回か通って同行者の分まで雑巾がけをする。するときれいになったというだけで、少しは涼しく感じる。

そんなふうにしてたどり着いた村は、朝靄《もや》がたちこめ、鶏があちこちを駆けめぐる穏やかな農村だった。学校の屋根はバナナの葉葺《ぶ》き、壁は苫《とま》を張りめぐらしただけのもので、多分冬でもそれほど寒くはないのだろうから、別に惨《みじ》めと思う必要はないのである。

しかし学校には世界地図がなかった。日本がどこにあるかはもちろん、自分の国、インドがどこにあるかさえ知らない。当然、自分の村がインドのどこらへんにあるかさえ知らないと思われる。日本人だったら、こういう場合でも、先生のうちの誰かが自分で世界地図を作ってしまうだろう。正確ではなくても、おおまかに世界全体の姿がわかればいい。しかし、地図を読んだり、書いたりするということは、抽象的な概念の把握《はあく》が必要とされる操作だから、なかなか誰にでもできるということではない。

小さな子供たちは、一番近い町までも行ったことがなかった。現金収入が極度に少ないのだから、バスにも乗れない。多分、隣町を結ぶバスもないだろう。少なくともアフリカにはバスなどない国はいくらでもある。

どんなに行動半径が狭くても人生を深く捉《とら》える眼があれば

コンゴ民主共和国のキンシャサでは、首都でもほんの例外的な私営バスと、白タクならぬ白バスがわずかある他、公共のバスというものは一切なかった。私たちが夕方キガリに着いた時、都心部へ入る大道には間もなくずっと人垣ができるようになった。私が政治家なら、皆自分を出迎えていると思ったろう。それは、とにかく何とかしてヒッチハイクか、それ以外の方法ででも乗物に乗せてもらおうとするサラリーマンやＯＬたちの必死の行動なのである。毎日毎日、行き帰りにこの試練を繰り返すのだ。私だったら、もう働きに出るのも嫌になって家で寝ているだろう。待たずに乗れるのは、人が死んで霊柩車《れいきゅう》に乗る時だけである。初めてアフリカの土を踏んだ私の同行者の編集者は、それを見ているうちに次第に口をきかなくなった。第一歩から、思いもかけなかったこの過酷な現実を突きつけられたからである。

こんな話をしても日本ではうまく通じないことが多い。それなら自転車に乗れば？　タクシーは？　誰か車を持っている人に乗せてもらったら？　などと言う。しかし自転車など、彼らにとっては私たちの高級自家用車だ。タクシーなど、一生に一度も乗ったことのない人もいる。最後の可能性は、誰か知人の持っているオンボロ・トラックが隣町へ出る時、野菜籠《かご》といっしょに乗せてもらうことだ。しかしそんなめんどうなことまでして遠出をする理由はほとんどないのである。

北インドの村でも、子供たちの頭の中の地図は、まず家の前の空き地、裏庭続きの空き地、それに続く丘の道、谷、向こうの丘の麓《ふもと》に建つ数軒の家、それくらいなものだ。その範囲にあるものは、水溜まりでも、洗濯場でも、ご神木でも、苫で囲った学校へ行く小道でも、鶏がよく卵を生む木陰のくぼみでも何でもよく知っている。しかしそれ以上の土地には行く必要がない。

アフリカをよく知っている私の知人は「マサイ族なんか、槍《やり》持って一週間でも歩きますからね」と言う。そういう意味では、乾燥したアフリカや中近東の人の方がずっと長い距離を歩く。しかしそれでも、次の町へ行くわけではない。次の町どころか次の村だってしばしば数十キロから数百キロのかなたにあり、その間はどこまで行っても同じような荒野だから、移動する理由がないのである。

自分の住んでいる所が世界地図の中でわからないのが、一番遅れている、と言うことは差し支《つか》えないかもしれない。しかしその次の段階として、自分の町だけが、世界地図と意識との中で、異様に大きくなる人たちがいる。こういう人種は、日本中にいくらでもいるし、殊《こと》に新聞社にたくさんいる。地方都市に着いて十分もしないうちに「この町の印象はどうですか?」と聞かれる。印象など、一時間ほどで持ちようがない。それに、自分の住んでいる町の評判が気になる、というのも、世界を知らないことの裏返しのような気がする。

私たちは視野が狭くて当然だ。お金がないから遠くに行けなくても、それが人生というものである。しかしどんなに狭い行動半径でも、人生を深く捉《とら》える眼があれば、それなりに温かい充実した人生を送ることができる。笑いも喜びもある。

14章　「不幸」——車庫の光景

それを不幸だといえるのか

日本人は不幸を忘れてしまった。こう言うと多くの人たちは抵抗を感じて抗議するだろう。「そんなことはありません。息子の異常性格、夫の（妻の）浮気、ローンの返済、娘の非行、私の高血圧。不幸がない生活なんて一度もしたことがありません」と。

それも確かにそうなのだ。不幸は主観的なものだから、それがどれくらい辛いか比べる方法はない。電気的に計測して数値を出すというわけにはいかないのだ。

日本には不幸な人がいないようだ、と私が言うのは、食べられるか着られるか病気を治してもらえるか、という基本的な点に関して補償（保障）制度というものが信じられないほど確立しているからである。ひどい目に遭ったら、被害を与えた相手か、国家から補償されるのが当然でしょう、と多くの日本人は言う。しかしそんな制度や常識が世界的に確立されているわけではないのだ。

日本では戦死者の遺族も報《むく》われている。もちろんそれで亡き人の生涯が償《つぐな》われたわけではない。たった一週間、新婚生活を味わっただけで遂《つい》に戦地から帰らなかった夫と妻の生涯が補償をもらったからといって済むことではない。しかし残された妻は、日本ではどうにか飢えずに暮らせたのである。

一方、世界的に多くの人たちは、不運を補償される制度の恩恵にまったく浴していない。それをしみじみ感じたのは一九九九年、旧ザイール、現在のコンゴ民主共和国のキンシャサで訪ねた一つの車庫の光景である。

内乱の国・ザイールへ

ザイールは一九六〇年にベルギー領から独立した。今でも公用語はフランス語。その他にキコンゴ、チバル、リンガラ、スワヒリ語などを話す人々がいる。ダイヤモンド、コバルト、石油などを産する国で、本来なら豊かになれるはずであった。

しかし一九九八年八月に始まった内乱は、近隣のルワンダ、ウガンダ、ブルンジ三国を対立的に巻き込み、ツチ族とフツ族との対立もあからさまにしながら、密告、拷問《ごうもん》、リンチ、虐殺、遺体からの略奪など、あちこちで凄惨な抗争の結果を生み出した。

私は今までに何度かザイールに入ろうとしたが、その度に計画が不可能になったのは、内戦の勃発《ぼっぱつ》にぶつかったからであった。私が個人的に加わっている海外邦人宣教者活動援助後援会（通称ＪＯＭＡＳ）というボランティア組織が海外で働いている日本人のシスターたちに資金的な援助をして来たので、私は日本全国の善意の人々からいわばお預かりしているお金が正確に使われているかどうかを見るために、どうしてもザイールにも入りたかったのである。

一九九八年の場合は、まず現地に住むシスターから状況がよくないという連絡が入った。そのうちに停電、断水、物資の不足が続き首都に砲声が聞こえるようになった。まもなく電話回線もつながらなくなり、やがて空港が一時閉鎖されたというニュースが入った。ずっと閉鎖でもない。時々開いてスイス航空の定期便が飛んで来る、というが、いつまたそれが閉鎖されるかわからない。やがて大使館から在留邦人に退去の勧告が出た。もっともシスターたちは大使館の命令には従わず現地に留まった。

それでも途中の段階まで、私は自分一人なら計画を続行するのにと思っていた。飛行機は止まるまでは飛んでいるのだし、私一人なら、何とかワイロを使って隣国まで逃げ出すこともできそうな気がする。私はちょっとしたワイロを使うなどということに少しも良心の呵責《かしゃく》を感じない破廉恥《はれんち》なところがある。

しかしその時、私たちは中央官庁やマスコミ関係者や日本財団の職員など十六、七人が同行する予定だった。一人なら食べる量も知れているが、電気が止まると水も出なくなり、煮炊きの燃料も不自由になるのは眼に見えている。電話も通じにくくなるだろう。そういう状況にたたき込まれると、たいていの日本人はパニックに陥《おちい》る。私としたところで、一人分の飛行機の座席なら、札束を握らせてむりやりに空けさせるということができても、十七人分の食料と脱出時の飛行機の席を確保することは難しくなる。それで私はザイール行きを諦めたのである。

バスの車庫を住処《すみか》にする未亡人たち

ザイールの内乱の経緯は複雑であった。反政府軍には「弓や槍をもってでも徹底抗戦しろ」―「抗戦しないと、全国民がツチ族の奴隷《どれい》になるぞ」とラジオで呼びかけたカビラ大統領は、風評によると文字の読み書きができない方《かた》だそうだが、いい悪いは別として、この統率力はとうてい我が国の首相の比ではない。

その年の内戦が収まって一九九九年、積年の思いを果たしてやっとキンシャサの町に入った私たちは、市内を案内されている時に、この国としてはかなりきれいなアパート群を見たことがあった。「あれは何です?」と私が聞くと、軍人の宿舎だと教えられた。下士官や兵までそんな住宅に入れるのかどうかは知らないが、軍人は優遇されているように見えた。

しかし内戦で軍人の夫を失って残された未亡人たちの運命は悲惨だ、という話を私は事前に聞かされてもいた。そしてある日、私たちは未亡人たちに会いに行こうと言われ、小型のバスに乗った。そのバスは突然町中にいくらでもあるようなガソリン・スタンドに隣接した所に乗り入れたのである。

私は初め、車がガソリンを入れるためにそこに立ち寄ったのだ、と思った。しかしガソリン・スタンドの続きの塀の一部には大きな門扉《もんぴ》があり、それが開けられると、中はだだっ広い空間と、車庫のような市場のような建物があることがわかった。

そこは使われなくなったバスの車庫で、現在はそれが未亡人たちの住処《すみか》なのであった。車庫だから中には何の部屋らしいしきりもない。彼女たちはただ屋根を与えられ、雨を防いでもらってそれで生きているのである。そこに四百人以上もの母と子が暮らしていた。それぞれ自分のテリトリーを空き箱をおいて仕切り、ロープにボロ布を吊るしてカーテンにし、コンクリートの床の上に薄縁《うすべり》や布団を敷いて寝ている。傍にはほんのわずか空き缶、箒《ほうき》、バケツなどの「家財道具」がおいてある。

夫が命を失った補償は何も出ていないのだという。その上、夫が生きていた時には入っていられた兵員宿舎からも追い出されてしまった。食べるだけの粉や油の配給はあるらしいけれど、現金はまったくない。水道の蛇口はあるが、風呂もシャワーもあるわけではない。トイレは共同のがあるようだったが、数は足りないし、皆野原でする習慣だから適当にその辺で用を足していると思う。

ただし少しは裏がある。タバコとか何か僅かなものを仕入れて来てこの中で売り、小額の口銭を稼いでいるのも当然いるだろう。市場で働いている人も、掃除《そうじ》人などの雑仕事にありついた人もいるだろう。中には男と関係ができてそこから金をもらって「特権階級」の生活をしている人もいるだろうし、売春をしている女性もいると思う。現に未亡人ばかりの施設であるはずのこの車庫に生まれて間もない赤ん坊もいて、土地のシスターに聞くと、赤ん坊は必ずしも戦死した夫の忘れ形見、というわけでもないらしい。そしてそういう母親は赤ん坊が生まれたことを災難と思うどころか、すばらしい贈り物をもらったように喜んでいる。

しかしこの施設は、やはりこの国の恥部《ちぶ》と思われていたようであった。私たちが着いて二十分ほどもすると、固い表情の警官がやって来て、取材の許可証は持っているか、と聞いているようであった。同行の新聞記者たちはまだ写真を撮りたいし、談話も聞きたい。昔からこういう時にやる手は決まっている。私は警官にわざとにこやかに話しかけ、くだらないプレゼントを渡し、同行のシスターたちの通訳で、私たちはカトリックのグループでここにはただ子供たちにサッカー・ボールと縄跳《なわと》びの縄を渡しに来ただけなのだ、と念入りに説明して時間を稼《かせ》ぐ。事実子供たちは日本財団のネーム入りのボールをもらって興奮している。これだけの数の子供たちがいるというのに、ここには子供の遊び道具一つまともにないのである。

この世にはたった一つ、いかなる論理も受けつけない状況がある

どうにか時間稼ぎをしてそこを立ち去った後で、私はやっと友人のシスターに質問をぶつけた。ここにいる未亡人たちはまだ若い。子供も幼い。国家の援助も補償もなしに一生を生きて行くことはできない。しかし学校の先生の給料さえもう何カ月も払っていない国家の財政が、国の犠牲者を一生食べさせて行くことなどとうていできない話である。

それなら彼女たちを、その親元へ帰してやったらどうなのか。あるいは亡夫の出身地へ戻せば、亡き息子の忘れ形見の孫と暮らせる老父母は喜ぶかもしれない。都会だから食べられないのだ。日本なら都会には働き口がある。工場も鉄道もレストランもホテルも、こうした未亡人たちを掃除婦や賄《まかな》い婦に雇ってくれるかもしれない。しかしこの国には仕事が極めて少ないのだ。まともな男にも、大学卒業者にも口がないのだ。だから子持ちの未亡人が稼ぐことなど考えられない。

田舎の土地というものの力は大きい。故郷の村には野生のマンゴーの木も、裏庭のバナナの木もあって、それらが親子の口を糊《のり》してくれるだろう。第一農作業なら、子持ちの未亡人にもできる。しかしシスターはその案にも首を横に振った。

「ソノさん、田舎へ帰すのはいいんですけど、一人三万円の飛行機代がかかるんですよ。それを誰も出してやる人がいないのよ」

それはそうだろう、と私は思った。子供が四人いれば母親と五人分、十五万円がかかる。前にも書いたけれど、世界的に貧しい家族は、今一月に三千円で暮らしているのだ。一人ではない。一家族の収入がそんなものなのである。十五万円は夢の大金だ。

「でも、別に飛行機に乗せなくてもいいでしょう。バスで三日がかりでもとにかく家に帰りつければいいじゃありませんか」

シスターは複雑な表情を見せた。

「飛行機でなくては行けない町がけっこうあるのよ。道がまったくないんです。ジャングルの中を歩けばいいんですけど、数百キロ、数千キロとなるとそれも子供連れではできないことでしょう。自動車が通れる道は全然ない所があるんです」

私はそういう町の存在をそれまでまったく脳裏に描いたことがなかったのだった。

家の敷地が道路に取られても補償。飛行場の騒音にも補償。医療過誤にも補償。犯人のわからない事故に遭っても補償。最近ではボランティア活動の最中に受ける損害にも補償がつけられる可能性が出て来た。日本人は誰もがそれを当然と思う。しかし世界には補償などという言葉は聞いたこともなく、実感もなく暮らしている人々もたくさんいるのだ。そうした人々は何と思うかというと、この世には不運と不幸が至る所で待ち構えており、それに出会うとぱくりと食べられてしまう。そういう運命にはどうにも抗《あらが》えない、という考えである。

「だってそんなことは違法じゃありませんか。政府は未亡人たちに補償は出すべきでしょう」と若い日本人たちは言う。補償の理論は絶対に正しいのだし、未亡人たちの生活の面倒を見ないで平気な政治家がいるとも思えない、という口ぶりだ。

私は当時のカビラ大統領の肩を持つわけではない。しかしこの世にはたった一ついかなる論理も受けつけない状況がある。

それは貧困だ。貧しければ、人はいかなる恐ろしいこともやる危険があるし、貧しければどんな正しいことも実行不可能なのである。金がないということは今や一つの武器にさえなったのである。

15章　「未来」——野焼きの光景

過去と現在で得た判断で終わりにしてしまうのか

以前私は、一九六〇年のアマゾンの話にふれた。今この原稿を書いているのは、二〇〇〇年で、私はほんの数日前まで、アマゾン流域にいたのだから、アマゾンがいかに変わったかを、やはり報告すべきだろう。あの時私はあくまで一九六〇年代のアマゾン河口で見聞きしたことを限定して書いたつもりだが、現在アマゾン流域に住む人々が最も嫌がることは、アマゾンが緑の地獄だの魔境だと思われることなのだ。それはもっともなことである。なぜならアマゾンは開発されてしまったからだ。

正直なところ、当時の河口の町ベレンは、私の記憶の中では暗い町だった。それは町の並木に使われているマンゴーの樹のせいだ、と思う。マンゴーの老木は暗い木で首つりを待っているように私には見えるのである。しかし物は何でもゆっくり時間をかけて見ることだ。中途半端な印象を述べる破目になることは致し方ないのかも知れないが、それでも見続けることだ。一九六〇年に私が見たマンゴーの並木は更《さら》に老木になり、生い茂るどころかちぢかんでいた。実は誰が食べるのですか、と聞くと、老木の実は繊維が多くて、今ではもっといい品種もたくさん出廻っていることもあって、誰も食べ手がないという。しかしマンゴーの木の若葉が、サーモンピンクの実《じつ》に柔らかくあどけない表情をしていることを、今回私は初めて知った。

ゴム景気の時代に敷いたぜいたくな敷石も、その上を馬車が轍《わだち》の音を響かせながら行く時代も、過ぎてしまえば、ごろごろして不便に思われだしたのだろう。今は一部を残しただけで普通の舗装道路になっていた。

そして私が「伝説的」な話として聞いた恐ろしいマラリア蚊は——いるにはいるのだが、マラリア自体はうんと減ったという。なぜなら、マラリア蚊はただ刺しただけでは病気を媒介《ばいかい》しない。病人の血を吸った蚊に刺された人だけが発病の可能性が出るのである。今は病人が以前と比べてうんと減った。従って蚊に刺されてもマラリアを発症する危険性も激減した。マラリア撲滅《ぼくめつ》の鍵はこの辺にあるだろう。蚊を撲滅するのは不可能に近いが、患者を蚊に食わせないように隔離すればいいのではないか。蚊をまったくいないようにするより、少なくも発病した患者を蚊に食わせないような施設なら作ることも可能だ。

「そんなふうに一所懸命働くとどういういいことがあるのかな」

中流のマナウスは、当時は恐ろしい奥地だと思っていたが、今は近代都市である。アマゾン河という水利を得て、自由貿易港にし、日本の豪華客船も立ち寄る。飛行機の便も多いし、小さいながらも華麗なオペラハウスも修復した。町には高層ビルも建ち並んでいる。

しかしそうした近代化された社会のすぐ周辺に、今もなお、完全に文化から置き忘れられたような貧困層の住む区域があるのも本当なのだ。

彼らの多くは、義務教育を受けていない。学校がないわけでもないのだが、現実問題として通えない要素が多すぎる。アマゾンの支流を渡る船がない。子供も働かねば生きて行けない。そんな貧しい人々の社会なのに、と言うべきか、そんな貧しい人々の社会だからと言うべきか、女の子が夕方学校へ通うと襲われる。こういう僻地《へきち》の村の学校は二部制、三部制が普通である。

親には教育を受けさせることの意味がよくわからない。親たちは、自分も教育はまったく受けて来なかったが、それでも生きている。どうやら食べて着て、眠って働いて性行為をして、子供も生んで育てた。教育などなくてもやって行ける。何でそんなことをしなけりゃならないのだと思うのである。

私たちも一度はこう思ってみる方が別の視点を持てるだろう。学校へ行って教育を受け、資格を得て会社人間、猛烈社員になることが、果たして教育を受ける本来の目的だったのだろうか、と自分に問うことが必要だ。教育を受けて教養のある人間になるのは、自分で自分の生き方を基本から選ぶためだ。つまり自分の哲学か信仰を持つことである。しかし大学を卒業しても、東京大学法学部を出ても、そんな生き方をしている人はめったにいないのである。

そこで、次のような笑い話ができる。働き者の日本人が、怠《なま》け者のある南の国の人に、「もっと一所懸命に働きなさい」と訓戒を垂《た》れた。すると相手は尋ねた。

「そんなふうに一所懸命働くとどういういいことがあるのかな」

「働くと金がもうかる。高等教育も受けられる。出世もできる」

「そうすると、あんたのようになるわけだな。俺は別にあんたのような生活をしたくないよ」

もちろん猛烈社員が悪い、と私は言っているわけではない。外為《がいため》の取り引きをするディーリングルームにいて、ドルと円の相場に体を張ることがおもしろくておもしろくてたまらないのなら、それはすばらしい能力だ。しかし組織や会社に、一部なりとも自分の魂《たましい》を売り渡している人が多いのも事実なのである。

それにもかかわらず、日本はすべての人が知識人になってしまった、ということを改めて感じたのが、今度の旅であった。つまり日本中に、文字の読めない、教育を受けない人を見ることがなくなった悲劇である。

学校を出たからと言って自動的に教養人になれるわけではない。しかし通俗的教養人に共通の一つの姿勢はある。それは「もし仮に自分が……であったら」という仮定でものを考えたり語ったりすることができる、ということと、自分の考えや置かれている立場、などを客観的に表現できるということである。

確実な「現実」を手にしていないのだから、夢を描《えが》く余力がない

アフリカ、インド、南米諸国などで、日本人が子供に向かって、

「君は何になりたいの？」

と聞いている場面によくぶつかった。子供は無邪気《むじやき》だから、自分の能力を考えずに「宇宙飛行士」とか「レーサー」などと答えるだろう、という前提で質問しているのである。なぜしかしこうした国々の底辺で暮らす人々にこれはあまりにも残酷な質問なのである。なぜなら彼らは、確実な「現実」を手にしていないのだから、夢を描《えが》く余力などない。今夜と明日の食物も保証されていない。病気になれば必ず病院で治療を受けられる仕組みにもなっていない。エイズの死亡者のために最近では平均寿命が三十歳未満になってしまった国もある。三十歳では、人間はまだ本当に熟していない。この世の普通の寿命も、凡庸《ぼんよう》な人間らしい暮らしも手に入れていないのに、何になりたいと聞かれても返答に困るのも当然なのだ。

インドの階級制度は法的にはないことになっているが、年毎《ごと》に社会に深く根を張っている。最下層の不可触民《ふかしょくみん》と呼ばれる人たちは、カルマ（前世からの因縁の結果）としてそのように生まれついているのだ、とヒンズーは考えるのだから、人間は皆平等などという理想の入り込む余地はない。階級によって就ける職業も決まっている。親が石工《いしく》なら子供も石工になる。それ以外の職業に就ける可能性はよほどの強烈な個性か、幸運かがない限りまったくあり得ない。

それに、ほとんど自分の村から出たことのない彼らは、羨《うらや》むべき人生の見本を知らない。飛行機や飛行場を見たこともないから、外国には自分とまったく違う暮らし方をしている人がいるのだ、と夢想することもできない。現実の周囲には存在しなくても、私たちは「夢のような生活」を、たとえばハリウッド製の映画、雑誌や新聞、そして何よりもテレビなどで見る。しかし彼らが行動できる範囲には、映画館もない。新聞や雑誌を買う金があれば、今夜食べるマンジョーカの粉を買うだろう。テレビも見たいと思うだろうが、電気がないのだから、そんなささやかな希望も叶《かな》えられない。すると、夢としてでも、あいう生活をしたい、あんな職業に就きたい、もし生きなおせるならあんな物も買いたい、というサンプルがないのである。

ただ過去の記憶と現在のみがある人々の生きる社会

学問をしていない人たちは、抽象的に物を表現すること、自分を他の多くの人々の存在の一員として捉《とら》えることができない。彼らにとって実感としてわかっているのは、常に自分一人なのだ。

かつてハンセン病だった時、適切な治療を受けられなかったため、眼も見えなくなり、手も指を失って、すりこ木のようになってしまっている老女たちが集まって住む家を、やはりマナウスの近くで訪ねた。彼女たちの多くは何十年も前にアマゾン河の河岸で川舟から下ろされた時、家族からも捨てられたのであった。その時以来、彼女たちは二度と再び家族の顔を見ることはなかった。

その中でたった一人だけ境遇の違う女性がいた。かつてブラジルでは、ハンセン病患者の女性は、出産するとすぐ子供を連れて行かれた。感染を防ぐためであったろうが、女性たちにとってはどんなに辛いことだったろう。しかし彼女の場合だけは、男の赤ん坊を取り上げた産婆さんもいい人で、彼女とはその後もつき合いがあった。

二十年以上経った今、ハンセン病は完全に治る病気になり、彼女もそうした元患者たちの貧しい家に集団で暮らしていたが、彼女は息子に会いたいと思った。産婆さんに尋ねると、息子は医者ではないが医療関係の施設でまともに働いていることがわかった。この息子も心の優しい人で、それ以来彼は時々、母を訪ねるようになった。

その施設の老人たちの最も深い悲しみは、家族に捨てられた、ということなのである。しかしその中でたった一人、この人のところにだけは息子が訪ねて来る。周囲も羨ましいだろうし、私だったら、自分一人が得ている幸福が辛いと感じる時さえあるだろう。

しかし彼女は平気だった。ほんの三、四メートル離れたところで、すりこ木のような手をした盲目の人たちが口々に寂しさや悲しさを訴えているのに、自分が得ている幸運が他の人たちに与える心理的影響など、考えてみたこともないらしく平然としていた。

この幸福な女性もやはり子供の時からハンセン病が発病したから、学問をする機会がなかった。そのうちに恐らく眼瞼《がんけん》が麻痺《まひ》して眼が閉じられなくなり、その結果眼球が乾いて角膜がダメになった、という経過を辿《たど》ったのだろう。だから中年になってから遅まきにでも勉強するチャンスさえ失ってしまった。

その結果、彼女の意識の世界には、自分一人しかいなくなってしまった。自分の都合、自分が楽になること、自分が得ているものは当然と思う習慣だけが残った。貧しい人々が、自分の家の土間だけはきれいにし（そうでない人もたくさんいるが）、家の外は食べかすや古いビニール袋の捨て場になっているのをきれいにしようともしない、という光景は、貧困者層の住居区域では至るところに見られるが、それは自分を集合住宅に住む一人、村の一人、国民の一人として考え、自分の行動の結果が、周囲にどういう影響を及ぼすか、などということを、まったく客観的に想像し得ない結果である。ましてや「地球市民」とか「地球的環境エコロジー」などという言葉を弄《もてあそ》ぶことができるのは、学問もし、偽にせよ本物にせよ知識人的思考に馴れた日本人だからである。

南米の僻地《へきち》を旅行すれば、私たちは至るところで野火を見る。時には丸窓も扉さえも開け放ったまま飛ぶヘリには（ヘリでなければ、短時間に奥地に入れない）その煙が入りこんで、私は時々咳《せき》こむ。

火事なのですか、と私は聞く。しかしそれは野焼きなのである。空気の汚染も何も意識はない。自分の畑に作物ができなかったら困るから、彼らは野焼きをするのである。

架空世界も未来もない、ただ過去の記憶と現在のみがある人々の生きる社会など、日本人はまったく想像もできないのだろう。

16章　「幸福」――犬は必需品

神父が見出した幸福を感じる生活とは

再びブラジル、ボリビア、ペルーに旅した間に、私は忘れていた人間の原点の多くを思い出したが、その中でも貴重だったのは、その原点をいわばみずからの意志として守っている日本人に会ったことだった。その一人が堀江節郎神父だったのである。

前回堀江神父にお会いした時、私たちは神父をブラジルの東端のジョーン・ペソアという町まで訪ねたのであった。それはサンパウロから二千三百キロも離れた所だったのである。

神父はジョーン・ペソアの町はずれのパードレ・ゼーという貧民窟《くつ》の中の小さな民家に、神学生たちと寝泊まりして一つの修道院にしておられた。決してよその家を覗いたわけでもないのだが、その小さな家は、中央の共有部分に立てば、家の中が全部見えてしまう。ベッドを使っている神学生もあったが、神父は床の上にアンペラのようなものを敷いて、その上に寝ておられたようだった。日本人としてはこれは特異なことではない。私たちはもともと畳に寝て、蒲団を敷いたり畳んだりして空間を広く使うことを知っているのである。

しかし少なくともブラジルでは、この日本人的感覚は通用しない。ブラジルでは、まともな人は必ずベッドに寝るらしい。そして貧しい家庭の大勢の子供たちは、壊れたもらいもののソファの上や、地面に古いマットレスのようなものを敷いて寝るのである。恐らくブラジルで地面に寝るということは、貧困の暮らしを自ら選んだことになるのだろう。

今度、神父は転勤になって、アマゾン河の中流のマナウスに移られていた。そしてそこでも小さな普通の民家に、他の神父たちと暮らしていた。家のドアもあけっぱなしの呑気《のんき》な生活に見えたが、すぐ裏の通りは物騒《ぶっそう》な所なのだ、と誰かが教えてくれた。

そこで神父は、今度は自室を持っていたので、私はほっとした。私は共同生活が何より苦手である。もちろんこういう性癖《せいへき》は誰にでもあるものらしく、修道院には「共同生活は最大の忍耐である」という言葉があって、昔の修道生活の原則を示していたものであった。つまり修道院は、修道士たちに個室を与えなかったのである。

神父の部屋は三メートル×一・六メートルという広さ、いや狭さだった。しかし神父は、自分に与えられたその空間を最高に贅沢なものと感じていた。まず窓が一つある。ガラスは入っていないが、板戸があるから、風雨はちゃんと防いでくれる。窓の外にはバナナの木も含めて数本の木が見える。窓から木が見え、その木が風に揺らぐさまが眺められるなどということは、最高のすばらしい詩である。そうだ、もし私が囚人だとしたら、私の眼には一本の木の姿さえ見えないかもしれないのだ。それを思うと木が見えるというのは最高の生活だ。

今度は神父はアンペラではなく、この辺の人たちがよく使うハンモックに寝ておられるという。この土地では誰でもがハンモックを持っていた。アマゾン河を数日かかって上り下りする船は、デッキの乗客たちがいっせいにハンモックを吊《つる》すので、そのためのフックがちゃんと柱についているのである。ハンモックはアンペラと同じで、朝になれば畳んでしまえる。神父はどうしても日本的空間利用の感覚が抜けないらしいのが、私には楽しかった。と言うより、私はいつも満たされている神父の生活に圧倒された。自分専用の机も、書棚もある。ヘブライ語とギリシア語の辞書もある。これで聖書の研究ができる、と神父は嬉しそうに言われたのである。

スラムの人たちの家は多くの場合、一間か二間だった。それもきちんとした仕切りがあるわけではない。こちらの空間には流しやプロパンガスの口があって、お鍋もおいてあるから多分台所。こちらには、映るかどうか怪しいような古テレビがおいてあるから、多分寝室、そういう判断である。

ベッドは一つか二つ。そこへ五人以上、十人近い家族が暮らしているのが普通である。つまり夫婦か、夫婦と赤ちゃんがベッドに寝て、他の子供たちは全部地べたに寝ているのだ。こういう子供たちは、このような生活の中から、人間にとって大地がありさえすれば人間は寝られるのだ、ということを覚《さと》るのである。大地さえあれば寝られる、ということを自覚すれば、人間は恐怖から解放される。今晩、私はどこに寝たらいいのよ、という恐怖に怯《おび》えなくて済む。

酒とセックスなしにどう生きろというのか

しかし多くの場合、こうした貧しい家は、人間の巣という様相を呈《てい》している。洗わず、掃除せず、片づけず、という人たちも多いからだ。だから私はしばしばスラムの家を訪ねて、ソファに腰を下ろしただけで虫に食われた。どんな虫かといわれると、現物を見ていないから多分家ダニでしょう、と言う他はない。私はノミに対してはわりと敏感なところがあって、視覚に頼らずに感覚だけでノミを捕まえる特技がある。しかし多くの場合、乱雑な家の中では、いつのまにか服に覆《おお》われている部分が痒《かゆ》くなっている。そしてその痒さは執拗《しつよう》に数週間続く。

スラムの大きな問題は、しかし別のところにもあった。それはそのような貧しい掘っ立て小屋に住みながら、性行為をするということの現実である。

かつて人口問題とも関係のある国連の機関で働いている人と、人口抑制《よくせい》は、まず家の改善からかからねばならない、と話し合ったことがあった。狭くてしきりのない家に住む家族は、子供たちの眼の前で、夫婦関係を持たざるを得ない。あるいは、村中の家が音が筒ぬけの壁素材でできた小屋に住んでいるのだから、子供たちはよその家の内部の状態も簡単に見聞きすることができるのである。だから子供は幼いうちから性に目覚める。その貧しい現実の中で、自我を容認するのは、恐らく性行為を通じてしかないだろう。

しばしば言われることだが、「テレビを普及させれば、人口は減る」という説がある。それが事実なのかそうではないのか、私には結果はわからない。しかし貧しい人たちが、セックス以外に楽しみがないことは確かであろう。

もう一つの楽しみは酒である。南米には、どこにでもジン系統の安い強い酒がある。頭に来るような偽物安葡萄《ぶどう》酒もあるという。葡萄酒というより、アルコールの中に葡萄ジュースをわずかにぶちこんだような酒は、一リットル百五十円と聞いたような気がする。それを朝から飲む人もいる。

しかし考えてみれば、この貧しい暮らしを、酒とセックスなしにどうして生きていけるか、ということになる。最大の問題は、未来に希望と目標がないことだ。多くの夫婦は教育を受けていないから、未来像を作りようがないことは先に述べた。私たちは本を読むからこそ、人生に夢が描けるのだ。科学者やスポーツ選手の生涯に感動して、自分もまたあのような人生を送りたいと思う。この人が書いたような小説や詩を書いてみたい、と思うのである。しかし隣の人や、同じスラムの住人や、親戚の人しか知らないということになると、自分が未知の世界に歩き出す姿も見えて来ない。

それに子供たちもまた、教育を受けていないのだ。遠くて学校に通えない場合も多い。制服や文房具を買う金がない。病気や身体の不自由がある。子供も働かせなければ一家が食べていけない。教育を受けた人が周囲にあまりいないから、教育を受けるとどういう利得があるのかよくわからない。教育を阻《はば》む理由はいくらでもある。小学校を出ていなくても、自分で勉強して総理大臣になれる、などという社会的合意ができている国など、世界に数えるほどしかないのである。

ブラジルは例外だが、多くの国で、いまだに階級の差別はれっきとして残っている。私たちのような黄色人種は、現実問題として今までなかなか社会の上層部には上がれないという国も珍しくはなかった。

つまりどの視点からみても希望はないという人たちが現実にいるのだ。雇用の可能性もない。国家自体も貧乏だから福祉の恩恵を当てにもできない。だからその日暮らしになる。酒を飲んでセックスをして――それがいけないという人には聞いてみよう。あなたなら、そういう状況の中で何をするか、と。

一生でたった一つのアクセサリー

私が旅に出る前、優しい知人が私の旅行を知って思いがけないものをプレゼントしてくれた。その人は七宝《しっぽう》焼きがうまくてもう何十年もブローチなどのアクセサリーを作っていたが、自分が描いた絵や色あいがちょっと気にくわなかったりして、売る気にもならないブローチを数十個、よかったらおみやげに使ってください、とくれたのである。

スラムの家を訪問する時、私はそのブローチを一個ずつ感謝の印《しるし》に置くことにした。するとと貧しい子だくさんの、生活に疲れ果てたと見える女性たちの顔が、必ず一瞬輝くのであった。嬉しさのあまり、私は必ず抱きしめられ、何度も頰にキッスをされた。考えてみると、結婚して子供を生み始めて以来、彼女たちは一度もアクセサリーなど、自分で買ったこともなければ、夫に贈られたこともないのだろう。もしかすると、これが一生でたった一つのアクセサリーになるのかもしれない。

日本人にこのブローチをあげても、これほどの喜び方はしないだろう。口では「まあすてき」などと言っても、内心では「もう少し小さめの方がいいわ」とか「私はブルー系の色しか似合わないのよ」とか、けちをつけているかもしれないのである。日本人は幸福を感じる機能をやはり失っているのであった。

最低線の暮らしにある、最高の安定

またスラムでは、人々がよく犬を飼っていて私を驚かせた。自分の食べるものさえ満足にないような家族でも、母犬とよちよち歩きの小犬三、四匹くらいは飼っているのである。犬の食料はどうするのだろう、と私は真っ先に心配になった。母犬はあばら骨がみえるほど痩せて乳房をだらりと垂らしているが、小犬はほどほどの肉づきだったからである。

その犬たちと飼い主の貧しい一家を見ているうちに、ふと飼う理由がわかってきた。子供たちに何一つおもちゃも絵本も買ってやれない人たちなのだ。第一絵本などあっても、父も母も字がわからないから読んでやれない。

子供たちは朝から晩まで、地べたに坐って犬と遊んでいる。小犬も遊び相手がいるから、満足している。子供たちは学校へ行かねばならない、などという強迫《きょうはく》観念もないから、ほんとうにしたいことをしている、という感じだ。そういう時、小犬はすばらしい動くおもちゃなのである。

それに寒い日には暖房の効用も兼ねているだろう。小犬を抱いて寝れば、隙間風の吹きこむバラックでも、湯たんぽを入れているのと同じくらい温かく寝られるだろう。

犬は、趣味で飼うのではなく、「必需品」なのだ。餌など特にやらなくても、犬は自分でどこかへ行って最低の餌は見つけて来るからそれでいい。犬には人間以上の才覚がある。母犬はわずかな食物しか食べていなくても、母性本能で無理してお乳を出すから小犬は一応すくすくと育つわけだ。そして人間と犬の確かな結びつきは、犬も人間もどうやら最低の線で生きて行く道を発見したということなのだろう。

このような共存の関係を、誰が考え出したか。もちろん犬は首環もせず、狂犬病の予防注射もしていない。しかし飼い主の小屋の前の日溜《だ》まりで、人間の家族と同じように悠々とした時の流れに身をおいて暮らしている。犬にとっても、そのような一家団欒《だんらん》は、最高の安定のはずである。

17章　「人間性」――慈悲と強欲

日本人の顔も心も無表情になったのはなぜか

無表情な日本人、ということがよく言われている。日本人というからには、外国人と比べて、という意味もあるのだろう、と思われるが、無表情ということは顔つきの問題だけではない。時々、充分な知能がありながら、何をおもしろがっているのか、何に感動しているのか、何がいやなのか、まったくわからない人がいるのである。

一つには言葉の問題もある。最低限、英語で何か言わなければならないと、まあいいや、面倒くさいから嬉しくても悲しくても黙っていよう、という感じになって来る。私のようなお喋りでも、英語で暮らす社会になると、朝はどうにか普通に喋っていても、夕方にはおかしいほど口をきくのが億劫《おっくう》になる。

しかし日本人の無表情は、ただ単に語学の問題だけではないような気もするのである。それは日本人が人生、言いかえれば生老病死に深くコミットせず、基本的には非常に利己主義であることがいいこととされていて、自分や家族の生老病死は大変なことで、いささかでも人格を侵害するようなことは許さない、という意気込みだが、他人の不遇にはほとんど無関心であまり係《かか》わろうともしない、という態度がありありと見えるようになっているからである。

もちろん世界中どこにも「人を人とも思わない」人たちがたくさんいることは本当である。最近、私は毎年のように南インドのダーリットと呼ばれる不可触民だけに焦点を絞《しぼ》った短期間の調査をしているのだが、バンガロールからほんの二時間近く車で入った村の光景は今でも強烈に印象に残っている。

「他人を恐れる」という動物的本能を失ったとき

ダーリットたちの村の家々は、かがまなければ入れないほどの低い入口を入った一間だけの家で、材料は主に石を土とわずかなセメントでかためたものである。入口に深い庇《ひさし》の部分があって、そこに牛をつなぐから、私たちはきものを脱いで家に入る前に、まず強烈な牛のおしっこの匂いに包まれる。

いや家に入る前に、私は信じられないような光景を見ていたのだ。

それはダーリットたちは例外なく貧しい、と言われるのに、村の道に突然二階建ての、外壁の色も鮮明な家が見えたことであった。「金持ちもいるじゃありませんか！」と事実私は同行のインド人の神父に言ったのである。すると神父は、この道の右側がダーリットたちの居住区、左側はそれより上級の階級の人たちの住む地域で、両者はもちろん口もきかなければ、まったく小径を越えて行き来をすることもないのだ、と教えてくれた。

私たち外部の者が、このダーリットの村に入ることは、普通は不可能に近い。彼らは数千年にわたって抑圧される生活に馴れて来たので、言語、つまり英語が通じないことだけでなく、自分も部外者に近づかず、外部から入る人も認めない。しかし私は幸運なことに、このダーリットのためだけに働いているイエズス会の神父たちと親しかったので、彼らは私たちを友だちとして受け入れてくれるのである。

私の幼い頃、子供は知らない人の前に出ると、よくはずかしがって母の着物の袂《たもと》の蔭《かげ》に隠れたりしたものであった。知らない人を見ると、恐れ隠れる。それがむしろ人間の基本的な用心の仕方であり、表現であろうと思われる。それなのにこの頃、日本では見知らぬ新聞やテレビの記者のさし出したマイクの前で、堂々と、まるで大人のような物の言い方で意見を述べる小学生もいる。もちろんその方が賢げに見えるが、動物としての人間には、本来、外来者を見ると逃げる本能的な姿勢があって当然なのである。

なぜ逃げるか、というと、それは相手がわからないからなのだ。これは動物の本能であろう。その本能が、日本の、都会の、一応知的教育を受けた日本人にはなくなってしまった。

恐れるというのは、マイナスの係わり方である。しかし日本人の中には、不気味なほど人を恐れない人たちがいるようになった。相手から被害を受けるとも思わない。しかし相手がそこにいることも深くは認識しない。だから電車の中で化粧したり、教室で携帯電話をかけたりできるのである。

人と深く係わらずに済むのは、つまり食べられるからである。着るにも住むにも事欠かないからである。貧しい人々は狭い部屋に折り重なって寝るから、他人の影響を受けずに済むなどということはない。自分の家や近隣で赤ん坊が生まれれば、かわいがるかいじめるかしかない。近所に祝いごとがあれば、普段は口にできない酒が飲めるか菓子が食べられるから、やはり無視はできない。

金を貸したり借りたりすることも多い。インドでは、娘には借金してでも持参金を持たせねばならない。それをしないと、結婚してからも娘は婚家先でいじめられるし、時とするとその結果として、不審死を遂げたりすることもある。婿《むこ》とその母親が共謀して殺したとしても、それが証拠づけられることはあまりない、という。

慈悲心のない人は、「人間」とはいえない

　ガンジス河に面するヴァナラシには、河に面して大きな火葬場があるが、そこでは人の背丈よりも高く積み上げられた薪の上で死者を燃やす。その火が三百六十五日、昼夜をわかたず見え、附近の階段では人々がじっとその火を見つめている。他人の死を見ることで、自分にもいつかは必ずやって来る死を学ぶのである。この大火葬場への道は、間口二、三メートルの店のひしめく細い入り組んだ小径だが、死者たちは輿《こし》の上に布で包まれ、花びらを撒《ま》かれた姿で葬列の歌と共に、そこを通って行く。その後を薪をかついだ人々が続く。もちろん数本の薪で人間が焼けるわけがないから、薪をかつぐ人は儀礼的な代表数人であろう。こうした人々は曲がりくねってオブジェのようになった太い木の枝をかついでいる。いかにも火力のありそうな薪こそ死者に対する礼儀と好意のあらわれなのだろう。貧乏な人は充分な薪が買えない。だから生焼けの遺体を、そのままガンジス河に流すことになる。

　相手の生活に深く係わらないことが、都会の生活のよさだ、と私も思っている。しかし途上国の貧しい生活では、周囲に係わらずになど暮らせるわけがない。隣家のかまどの煙

は、必ず一間きりの自分の家にも流れ込むのだ。

助けてくれるのは、国家ではない。人々の間には、貧しい国家は何もしてくれない、という思いが根強くある。あるいは警察や地方議員たちは金で懐柔《かいじゅう》された人たちで、自分たちの側に立っては何もしてくれない人たちだ、とはっきりと認識している。

だから助け合うのは、親子兄弟親戚隣人以外にない。日本人のように健康保険や社会保障がお助けの役目をやって当然だなどとは思えないのである。貧しい人たちは苦しんでいる人には恵む。食べもののない人には、たとえそれが私たちの眼から見たら犬の餌のようなものであっても、とにかく食べさせるのである。そうした慈悲心の出番が今の日本にはなくなった。だから日本の若者たちの中には、他人に同情し、労力や金品をさし出そうとするような人は、ほんとうに少なくなった。しかし自発的な慈悲心のない人は、他にいかなる力を持っていても、基本的に「人間」にならないのである。なぜなら、動物の中で「慈悲」の心を持てるものは、人間だけだからだ。

金の出し方は、自分の人生観や哲学と深い関係にある

日本人の顔も心も無表情になった一つの原因は、もしかすると日本にはチップの習慣がないからではないか、と最近私は思うようになった。

チップに関しては、私も初めはずいぶんめんどうなものだと思っていた。荷物を運んでもらっても、ルーム・サービスを頼んでも、美容院で髪を洗ってもらっても、何がしかの心づけを出さねばならない。しかしそのうちに、チップはまさに自由主義の善と悪とを兼ね備えたものだと思うようになった。サービスがいいと思ったら少しはずめばいい。タクシーの運転が荒くて不愉快な思いをしたら、特に何もやらなくていいのである。チップは評価であり、ワイロであり、感謝であり、ぬけがけの方法であり、正当な報酬《ほうしゅう》である。チップは最も軽便な形で他人と係わる方法なのである。しかし日本人には、その習慣がないから、いくら出していいか、自分で決める勇気がない。

チップは同額でなくて当然だ。たとえば何日間かのバス旅行の後、観光バスの運転手にチップを出すような時でも、日本人は一人十ドル、などと決める。まさに幼児性なのだ。隣の人が「あいつは感じのいい運転手だったね」と言っていても、私は彼が助手と喋って

ばかりいたことを見ていたら、「いい運転手なもんか」と思ってチップは最低しかやらなければいいのである。

反対に隣の人が、「本当にあの人の運転は悪いわねえ」と非難していても、私は彼と少しばかり個人的な話をして、彼に病妻がいること、狭い家に年老いた母親を引き取って一緒に暮らしていることなどを仮に知っていたとしたら、周囲の悪評に抗して彼にチップをはずめばいいのである。

総じて私はチップを出し渋る方だが、それでも、性格のきつそうな女店主に叱られながらおどおどと働いている美容院の娘に、何度かこっそりと、ほんの一ドルか二ドル余計にチップを渡した時の相手の輝くような微笑を思い出す。お金とはいいものだ。言葉など通じなくても、複雑な手数をかけなくても、これっぽっちの僅かな額で、相手に確実な幸福を贈れる。こんなことは普通できることではない。サギ師は嘘《うそ》をついて金をむしり取る。しかしこの娘はチップを下さいとも言わなかった。私の髪を洗い終わると、すぐシャンプー台に戻って、また次の人の髪を洗っていた。要求する素振りも見せなかったから、私の方で渡しに行ったのだ。

こういう機会が日本ではほとんどない。すべて要求された時に要求された額を支払う、

という システムである。氏神さまのお祭りでさえ、「お隣さんが千円ならうちも千円」という感じだし、香典の額も世間の常識、たいていの会合では一人あたりいくらという会費方式で払う。

やるかやらないか、すべて自分の責任において決めるのが本当だ。そしてその金の出し方が、自分の成功、自分の人生観、自分の哲学、自分の自律、と深い関係にあることを覚《さと》らない。

人間的な心理の所産

ずっと昔、日本のある雑誌で一人の若者の投書を読んだ。それは、自分の母が不遇な同級生の治療費のために、金を出していることを非難したものだった。病人の治療費は、国家に任せるのが当然だというのである。

病気の同級生のために、金を集めようとする母は、本来なら子供にとって誇りのはずだ。それなのに息子はそれを母の愚かしさとして怒っている。

中近東でもアフリカでも、多くの人々は人に慈悲を見せることを美徳とする。その表現は日本人のようにデリケートではない。紙幣でも食べものでも、犬にくれてやるように「投げ与える」という感じの人もいる。

しかし無礼もしない代わりに一円も出さない人と、無礼でも金を投げ与える人とを比べたら、投げ与える人の方がやはり慈悲深いことは、間違いないだろう。

もっとも現実はこんな原則論だけでは済まない。インドでは多くの人が、何も特別なことをしないのにチップを要求した。航空会社の職員は「私がお前たちの荷物をきちんと運んだ」と二度も言いに来た。「そうか、そうか、ごくろう」と言っておくだけで知らんふりをすることはできる。しかしそこで意地悪をされて、十個の荷物のうちの一個を抜き取られる可能性が皆無とは言えない。そこで私のような小狡《こずる》い人間は、一ドル二ドルを握らせて安全を確保する方向に動くのである。

強欲と慈悲とが、わずかな金にからんでいる。しかしそのどちらもが人間的な心理の所産だ。強欲でもなく慈悲もない日本人は、彼らより非人間的だ、と言っても、多分それほど間違ってはいないだろう、と思う。

18章

「防備」――カウンターの上の偽金《にせがね》

危険を「防ぐ」術を身につけているか

レストランへ着くと女性はよく窓際の席を与えられる。私も一生に何度、こうした甘い恩恵に浴しただろう。店の中は一望できるし、開けられた窓からは快《こころよ》い風が入るし、ハンドバッグは窓縁においてさっぱりできる、という最上の席である。

ところが私の友人でヨーロッパのその町に長く住んでいる人は言うのである。

「ソノさん、窓のところにハンドバッグをおいちゃいけません。通りがかりの人にかっぱらわれます」

初めはびっくりしていたが、この頃は反射的に窓から差し伸べられる盗人の手の長さを予想して置くようになった。人を泥棒と反射的に思うことにも訓練が要《い》るのである。

私の家は二〇〇〇年の秋以来、小さな変化に見舞われた。二〇〇〇年十一月二十二日以来、前ペルー大統領・藤森《ふじもり》アルベルト氏が、私の家の庭先にあるプレハブの別棟に住むようになられたからだ。そして私が藤森アルベルト氏と書くのは、日本のメディアによれば、二〇〇〇年十二月十二日に、藤森氏は出生時以来、日本国籍を保有していたことを政府によって確認されたというので、お名前の書き方も変えることにしたのである。

フジモリ前大統領は、大統領職を辞める二時間十分前に東京の止宿先のホテルから、私の家に移られることを決められた。ほんとうに偶然、私はその夜、藤森氏やその妹さん夫妻などといっしょに食事をしないかと誘われて、たまたまその場にいたから、緊急の移転先をお引き受けしたのである。私が働いている日本財団とペルーとの間には、ペルーに小学校を五十校建てるプロジェクトの契約が交わされており、すさまじい田舎にまで、村で一番の立派な校舎が建てられたのだ。その計画を通じて、私は何度も前大統領にお会いしたことはあった。しかしその緊急な場に居合わせたことは偶然だった。私たち夫婦はただペルーの日本大使公邸人質事件の時、二十数人の同胞が無事に救われたことへのささやかなご恩返しをすべきだと考えていた。

自分が自分を守らなくて、誰が守るのか

藤森氏は単純生活を好まれる方のように見受けられたので私はほっとしたが、別棟であるのを幸い、藤森氏自身の生活、性格、計画、などについてはまったく知らないように一線を画した。私は自分の生活に手いっぱいだったし、人のことを語ることも避けたいと考

えていた。私について他人が書くと、たいてい間違っている。私もその手のことをしでかすに決まっているから、人のことは知らない、触《ふ》れない、でいるのが間違いを起こさない要訣《ようけつ》なのである。

ただ単純なことを思い出した。二〇〇〇年九月ペルーを訪問した時、マスコミをも含めた私たちのグループは、大統領専用機でチチカカ湖に近い村まで、日本財団の資金によって建てられた小学校を見に行った。私は財団とのつながりを利用して、そういう特典を要求したのではない。私は、はっきりと、我々は民間団体なのですから、民間航空機で伺います、と何度も大統領府に言ったのだ。しかし民間航空の路線のないような山奥の村に小学校が建てられていることは多く、その場合は地方空港から更に軍用ヘリに乗り換えてやっと目ざす村に到着できるのである。

その時、驚いたのは、飛行機が実際に飛び立つまでどこへ行くかまったく知らされなかったことである。大統領専用機でなければ、こちらの方がそんな気味の悪い飛行機には乗れない、というものだったろう。私はそのことを深く考えずに「銀河鉄道」をもじって「銀河飛行」と題してエッセイに書いているが、それは藤森氏と氏によって鎮圧されたゲリラのいた国にあっては当然の防御策であったと思われる。

我が家に来られてから数日のうちに、私は藤森氏がまったく予定というものを身近な人間に示されない方であることを知った。私が少し氏の予定を知った方が便利かと思ったとすれば、それは御飯を炊いておいて差し上げるべきか、サラダとスープをテーブルの上においておいた方がいいだろうか、という程度のことを考えたかったからである。しかしそれだけのことでも、予定がわからない以上無理なので、私はすぐにこうした情緒を心の中から追放した。

身を守るものは、警察でも軍隊でもない。最終的には、自分の知力や気力だけなのであろう。とにかくペルーだけでなく、そういう国は地球上に実に多い。

その日以来、私の隣家には、いつも警察官が警備にいるようになった。玄関にも警察の車が止まっている。警備の厳重さの割りには静かな警察官たちなのだが、それでも少しはお騒がせすることになったのだから、私はご近所にお詫《わ》びに行った。すると「用心がよくてけっこうですよ」などと言ってくださる。しかしこんな穏《おだ》やかな話は日本だから、通用することなのである。

私の家には、今ブラジルで育った人が働いてくれているが、その人が解説的に言うのだ。

「ブラジルでは家の中に警察官なんか危なくておけませんよ。その人が泥棒の手引きをしますから」

その人の話によると、ブラジルでは金持ちは決してメルセデス・ベンツにもキャディラックにも乗らない。襲われないように薄汚い車を何台も持っていて、毎日乗り換えて使っている。同じ車で毎日同じ時間にでかけるなどという愚かなことは決してしないのだという。この話を聞いた時、私は思わず不謹慎にも笑ってしまった。それじゃ何のために金を儲けたのだ、という思いが頭をかすめたのである。私には、金ができたら贅沢な車に乗ろうと考える趣味はあまりないが、それでも他人が金持ちになれば、豪華な車に乗るものだろう、と心得ている。お金ができても車はボロに乗っていなければならないのだったら、ボロ車にしか乗れない庶民とまったく同じじゃないか、とおかしくなったのである。

しかし原則論が、自分は自分で守るのだ、ということは変わらない。自分が自分を守らなくて誰が守る、というものだろう。守るという行為にももちろん段階はある。初めは、言葉で自分の要求を言う。不利なことは証言しない、相手の非を衝《つ》く、などの方法がある。しかし世界中には言葉で処理できることの方が恐ろしく少ない。だからしばらくその段階で緊張が続いた後で、必ず暴力として爆発する。

自分を力で守るのだ。日本では、大東亜戦争が稀有《けう》のことで、あれは日本人の美徳のなさであり、平和を希求しなかった判断のあやまりだ、というふうに言う人が多いが、こんな自己批判的な判断は、世界の戦争や紛争に際しては異常な反応だろう。戦争や紛争は追い詰められた力関係の結果だから、必ず「相手が悪い」とするのであって、そこで負ければただ裁《さば》きという形でこらしめられる、というのが、その判断の構図なのである。

優しくて力のないことは「美しい」ことではない

日本では、優しく力のないことが美しいこととなっているが、どうして人に攻撃されるようなことが「美」なのだ。時には武器も要《い》る。武装が悪いというなら、どういう人が金も外交力を持って来て、この自分を守ってくれるのか？　そんなことはあるまい、と世界中が考える。

だから軍は悪いものだ、などという発想もない。自分を守ることは生存の第一義だ。人々はいろいろなところで、人生と闘う。まず金とも闘う。通貨が偽でないか、バーの大理石のカウンターの上でも、バーテンダーは必ず客から受け取った「銀貨（銀色をしたコイン）」をチャリンと投げてみて、音を聞いてから受け取る。これはメンコ遊びの変形でなかなか楽しい遊びでもある。しかし同時に偽金を受け取ったらドジなバーテンダーの損失になるから、真剣な遊びだ。

私たちが米ドルを出すと、受け取る側は多くの国でその耳が少しでも切れていないかを見てから懐に納める。端の切れた古札は使えないから決して受け取らない。そういう札は受け取る方がドジなのだ。そして日本人はこんなドジをいくらでもやるが、それは背後に「優しい」銀行がついているからである。外国で受け取ってもらえなかった欠陥ドル紙幣が財布に残っているからと言って慌てることはない。日本に帰って銀行へ持って行けば、たいてい円に戻してくれる。こういう優しい銀行がついているから、日本人は生き馬の目を抜くような庶民の金融戦争にも加われない。

外国で両替をする時、町の両替屋や土産店の店主の中には、ついでにドルを換えてくれないか、と聞く人がいる。多くの場合彼らの手持ちの少額紙幣を、百ドル紙幣に換えてほしいのである。それは、いつ国外へ逃亡することになっても、持ち出し易《やす》いように高額紙幣を常日頃用意しているという証拠である。金を持って外国へ逃げねばならない、などという発想も、日本人は一生に一度も体験しなくて済むのである。

靴の中に隠し持った最低限の「武器」

昔、末期的な症状を見せていたベトナムのサイゴンで、靴底に一グラムか二グラムの小さな純金の板（ともいえないほどだから金箔《きんぱく》というべきか）を敷き皮の中に隠している日本の新聞記者がいた。情勢が急変して、支局に金を取りに戻れないような場合と、途中で強盗に遭って財布を奪われる場合と、双方に備えていたのである。

私はそんなことをしたことはない。一九七三年にチリでアジェンデが殺されて彼の政権が倒れた直後、まだ銃声の聞こえるサンチァゴに入る時、私は必要がなくても国境を接するすべての国のヴィザを用意した。いざという時、どちらの方角にでも逃げ出せるようにするためである。その時まで私は知らなかったのだが、チリはアルゼンチンだけでなく、ボリビアともペルーとも国境を接していた。

私は更《さら》にワイロ用に一ドル紙幣を三百枚用意した。どこの国境ででも、役人に少し握らせて、できるだけ素早く穏やかに逃げようという算段である。私はこれでずいぶんアタマを働かせたつもりだったが、一ドル紙幣はかさばってほんとうにやっかいなものだった。

当時チリは長い間の社会主義政権でひどく疲弊していた。労働者は会社で組合活動ばかりしていて働かない。外国人で特殊技能を持っていた人は追い出してしまった。労働組合の連合に属する人たちだけが、今度は特権階級になり、パンも並ばずに買える。ガソリンの特別配給をもらえるのも、政府のアパートにすぐに入れるのも彼らであった。町にはバスの燃料もなくなり、小学生たちまでが「ミニストロ・トーント（大臣のバーカ！）」と叫びながらデモをした後のクーデターであった。

しかし多くの日本の新聞は、その前段の部分は報じずに「チリの民主主義は、（アジェンデを倒し軍政を敷いた）ピノチェトの軍靴の下で踏みにじられた」という形で報じた。一面しか見なかったのである。

アジェンデはモネダ宮殿で殺され、町には外出禁止令が敷かれて、経済は大混乱に陥っていた。生活必需品も欠乏して暮らしのレベルもうんと下がっていたので、私の三百ドルの紙幣はもっと効力を発揮するはずだったが、私は途中で危険も忘れてこのかさばるだけの札束の始末に困り、友達の修道女にあげてしまって身軽になった。

もともと、札束なんて奪われてしまえばそれで終わりなのだ。しかし靴の敷き皮の下を探って切手ほどの金箔まで探す人はごく少ない。それ以後少しでも危ないところに行く時には、私は十ドル紙幣を折り畳《たた》んでビニールの小袋に入れ、靴の中に隠すことにした。人と闘えるような武術も武器も持たない私には、金だけが最低の武器なのである。

こんな思いをしなくて済んでいる日本の生活は何度考え直してもありがたい。

こんな防備の形もある。この十一月インドへ行った時、私たちは南インドで十二時間近く車で移動した。レストランなどある土地ではないので、私たちは途中でダムによってできた人造湖の畔《ほとり》で、持って行ったおべんとうを食べた。私が隠し持っていた一口タクアンを出し、皆はそれをおいしがって食べてくれた。

ゴミを集める段になって、インド人の神父は、タクアンの袋に入っていた乾燥剤の袋を丹念に破って棄《す》てていた。貧しいお腹の空いた子供たちは、ゴミの集積場ででも、袋に入ったものを見つければ何でも食べてしまう。神父はそれを防ごうとしていたのである。

19章

「食」――大地をゆるがす人々

世界の人々は何を食べているのか

世界の人々がいったい何を食べているか、ということは、私にとっては実に興味津々《しんしん》のことなのだが、それは私が紛《まぎ》れもない日本人だかららしい。

朝御飯を考えてみるだけでも、私は実に多彩なものを食べている。もっとも献立としては質素なものなのだが、私にとってはこの上ない贅沢《ぜいたく》な食事である。

地方の知人が送って来てくれた草餅《もち》にすばらしい「ごまきなこ」をつけて食べる日もある。トーストに上等のハムの小さな一切れと庭で採《と》れたばかりのリーフ・レタスを挟む。お粥《かゆ》のおかずは佃《つく》煮《だ》などを百円ショップで買って来たタッパーに入れておいたものが、十種類以上はある。夫が焼いてくれるホットケーキは（とわざわざ言うのは、夫がホットケーキだけは、自分が一番焼き方がうまいと言っているからなのだ）たっぷりのバターと、メイプル・シロップをだぶだぶにかけなければおいしくない。生卵をかけた御飯は料理とは言えないものだが、日本人にだけ許された幸福で、醬油《しょうゆ》の適切な量に一瞬の注意を集中しなければ、味を整えられない。

昨夜ちょっとばかりお釜の底に残った御飯で作るお茶漬けや雑炊《ぞうすい》は、それこそ料理の楽しみの一つだ。志《こころざし》の低い私は、朝起きると、残り御飯をどう「処理」するかを楽しみに床を離れる。そういう人種が多いから、雑誌社も他人の家が何を食べているのかを覗き見しようとして、「今週の献立」のような欄を作って、有名人の食生活を覗く。

そのような欄に、昔一人の北欧の（と記憶しているが）女性作家が登場した。その人の一週間のメニューを見て、私たちの方がたまげたのである。その人はつまり昼と夜は毎日、毎日、同じものを食べていたのである。日本風に言うと、野菜と肉を煮たシチューのようなものだけであった。

私たちの知り合いの、長年日本にいるアメリカ人の神父も同じような暮らしである。この人の場合は質素に暮らすことが目的なのだろうが、肉の塊《かたまり》を買って来て、ジャガイモや人参や玉葱《たまねぎ》と煮る。時どきはキャベツを加える。何回か食べて、鍋の中身が減って来るとそれにまた原料であるキャベツやジャガイモや、時には肉を放り込む。まあ日本のおでんと同じ原理だと思えばいいのだろうが、この単調さには多分私なら辟易《へきえき》する。おでん屋は毎日同じおでんを作るが、食べる客の方は決して毎日同じものを食べているわけではない。

毎日毎日……単調な食材に対する日本人の感覚

しかし世界的に見れば、日本人や中国人のように毎日毎日違うものを食べなければみじめに思う、という方がおかしいのだろう。前にも書いたことがあると思うが、毎日違った食材を求めて食べるというのは、どちらかと言うと基本的には漁業民の思想である。海に漁に出ても決して毎日同じ魚は獲《と》れない。今ではイカ釣りの船はイカだけを釣るが、昔は、魚を獲りに行ったらタコがかかった、という感じだったろう。だから何でも獲れたものを食べるのが、海辺の村の暮らしだった。すると必然的に、毎日食べるものが違う。しかし農耕民族と狩猟民族は、大体毎日同じものを食べる。狩猟で得る肉の種類は海岸部の魚ほどバラエティーに富んではいない。そして穀物は、ほとんど決まり切ったものしかその土地では採れない。

貧しい人々の食材の単調さは、多くの土地で私を驚かせた。私の取材ノートで、土地の食物についてあまり記載がないのは、外人用のレストランは別として、その土地の人々は、私から言わせると「毎日毎日味のない蕎麦《そば》がきを食べている」か「毎日毎日、小鳥の擂餌《すりえ》を食べている」という感じのものが多いから、どうしても書きつける意欲を失わせるのである。

もちろん材料は土地によってヒエの類《たぐい》、トウモロコシ粉、米、マンジョーカ薯《いも》などさまざまである。しかしそれらを蒸したりパンに作ったり炊いたりした主食に、わずかな油と野菜のペーストを入れただけのソースをつけたりかけたりするだけで、それを一日二回の食事の時、同じものを食べる、ということが多い。このソースが日によって、収入の多寡《か》によって多少リッチになるか、相も変わらず粗末かどちらかというだけだ。

それで何百年も死なずに生きて来たのだから、栄養上にも決定的な問題はないのだろうが、同じ人間の食事というものの概念にこれほどの大きな差があることに、私は愕然《た》としたのである。

毎日同じものを食べるのは辛いだろう、と私は考える。私だけでなく、たぶん、日本人の多くが同じように感じる。

食事には「三段階」の情景がある

世界的に人間の食事には三段階があるような気がする。

まず第一に餌の段階。要するに、空腹を感じなければいいというものだ。雑穀の餅かパンのようなものにソースをつけて食べる時には、皆が一つの皿から右手だけでちぎったり、寄せ集めたりして器用に食べる。左手は汚いと思われているから使うな、と言われているが、私などは両手を使わずにうまく食べられたためしがない。大皿は地べたや病院の廊下などどこにでも、埃が入ろうが、ハエがたかろうが、関係なしに置かれる。

しばしばこのような食事の形態では、男たちが先に食べる。残りを女と子供が食べる。しかし幼い子供は食べ方が遅い。母親は自分も空腹だから食べるのに必死で、子供がどれだけ食べたか量を気にしたりしない。皿が空になった時が大人であろうと子供であろうと食事の終わりだ。だからいつのまにか、子供は食べる量が足りないために栄養不足になっている。先進国の医師がその点を注意しても、母親は「食事は与えています」という。医師が「子供には別の食器を与えて、そこに必要な量を入れてゆっくり食べさせなさい」と言っても「それなら皿を下さい」と言う。わずか二、三十円で買えるプラスチックの皿さえ買う金はないのだ。

第二の段階は、餌がちゃんとした食事になる時である。終戦後、敗戦国民だった日本人はアメリカ軍の食事を見てすばらしいごちそうだ、と思ったものだった。今考えると大したことはない。安い肉の部分を煮た一種の肉料理にマッシュ・ポテト、それに茹《ゆ》でたコーンと人参と青豆の、いわゆる「三種混合野菜」を添えただけのものであった。しかしそれでもまだ少女だった私には大ごちそうに見えた。

こうしたアメリカ的食事は、文明世界の一つの標準を維持し続けていると見てもいいだろう。地球上のすべての国民にこの程度の栄養を与えれば、結核も減りハンセン病も終息し、知能さえ上がってくる、という。しかし一方で、アメリカ人の食事が、人間らしい食事と言えるか、と思っている日本人もかなりいるのだ。

ハワイのワイキキに行ったのは、ほんの一、二回だが、ホテルの自室の部屋のテラスから下のレストランやコーヒー・ショップを眺めておもしろい光景にぶつかった。幼い姉弟が、昼も夜も同じハンバーガーを食べていたのである。安いツアーであっても、とにかくハワイまで家族連れで来られるだけの経済状態にいる家庭なのだ。それでも子供たちだけで、毎食ハンバーガーを食べることに抵抗を覚えない。

そういうコーヒー・ショップでコーヒーを飲めば、無地の分厚い陶器にホテル名だけが入っているカップが出て来る（もっとも私はもう十年以上ハワイのワイキキに行っていないのでこれも昔の思い出なのだが）。日本人にすれば、白磁でもないかぎり、ただ白いだけの分厚いカップなんか使っているのは、「病院か刑務所か兵営か修道院か」という感じなのだ。もっともこういう表現もまた不正確である。なぜなら、現在では病院もちゃんと模様のある食器を使っているし、刑務所の食器は我々市民は通常見たことがなく、兵営は自衛隊で、その食堂はたぶん、その辺の社員食堂並みだろうと思われ、修道院はごく普通の家庭的な食器を使っているからである。

食事の内容はまともだが、それを盛りつけることにどれだけ意識を使うか、ということになって、初めて食事は文化としての形態を取るようになり、第三段階に到達する。つまり料理の変化を器が受け止めるようになるのである。そしてこれをさらに進めて行けば、その器にふさわしい家具・調度、部屋のしつらえ、家自体、庭の眺め、周囲の自然の風景までが一つの美学に組み込まれるようになる。時には音楽や、香りや、雨上がりの湿気《しけ》た風情のようなものまでが計算される。

「人間」の食事、「動物」の食事

数人の人間が一枚の大きな皿に手をつっこんで食べる姿は、犬や猫が餌を食べる姿と似ている。しかし私たちは、本来そのような動物的な生活から出て来たのだ、ということを忘れてはならない。

「旅にしあれば椎《しい》の葉に盛る」生活では、皿は葉っぱ一枚だったのである。献立が多くなるにつれて、皿数も増え、そこに調和が生まれるようになったのだ。

そもそも調理したものを食べる、ということが一種の贅沢なのだ。旱魃《かんばつ》が襲った年のエチオピアでは、NATO軍が空から袋に入れた食料を投下していた。エチオピアは台地が深い谷を擁《よう》して、地形が実に入り組んでいる。台地はしばしば数百メートルもある谷に沈んではまた隆起しているから、私たちは次の台地に行くまでに、深い谷を下り、また登らねばならない。もちろん細い道は舗装もない。私が使った交通手段は騾馬《らば》であった。そんな土地だから、援助の食料は、陸路では運べない。それが空軍機によるエヤー・ドロップという手段を講じさせることになったのである。

爆音が近づくと、今まであまり人気《ひとけ》もなかった台地に、たくさんの人が集まって来た。超低空でやって来た飛行機は、穀物の入った袋を何十個と落とす。それをNATO軍が雇った人足がまず運ぶ。袋の四割は破れているという感じで、そこからこぼれた穀物が、地面に撒き散らされている。何ということだ、と私は包装の悪さに腹を立て、周りの人たちは固唾《かたず》を呑《の》んでそれを見守っている。

そしてこの公的な回収作業が終わると、誰かが許可の合図を送ったわけでもないと思うのだが、突然、大地が地響きを立てた。周りでこの空輸作戦を見ていた数百、数千の人たちが一斉に破れた穀物の散った地点をめがけて走りだしたのである。

人々が家畜のように走る。砂埃が辺りにたちこめる。人々は地面の上にしゃがみこみ、手で穀物を土ごと集める。固まって落ちている個所は効率がいいわけだから、そういう場所を巡《めぐ》って女たちが殴《なぐ》り合いの喧嘩を始める。

数十分後に喧騒《けんそう》は納まった。多くの人々は立ち去った。それでもまだ土にめり込んだような穀物の粒がたくさん落ちている。飢えた人たちというのは、怠けものだなあ、と私は思う。私ならなおもその場に残って、一粒ずつ拾い続けるだろう。それでもかなりの量を集められるはずだ。

飢えた人たちは、生の穀物の粒をそのまま口に入れる。聖書にも、安息日にお腹を空かせたイエスの弟子たちが、麦の穂をむしって食べた逸話が描かれている。数千年の昔から、お腹の空いた人はすべて、食べられるものなら調理もせずにそのまま口に含んだのだ。エチオピアでは、最早体力がなくなって地面に座りこんだままの男が、自分の身体の周囲に生えていた草をむしっては食べていた。動物と同じであった。そのすぐ近くで、私は飢えもせず、ただじっと彼を見つめていた。私は何もできなかったし、何もしなかった。こんな無慈悲はないと思いつつ、ただ黙って彼の仕草を見ていた。

私が彼より偉かったから、私は「人間」を保ち、彼が動物になったのではない。ただ偶然、私は日本に生まれ、彼はエチオピアに生まれた、というだけの理由からなのだ。

20章 「憎しみ」──抹殺《まっさつ》の情熱

私たちはほんとうに「善人」なのか

最近の日本人の中には、自分が人道主義者であると信じている人が非常に多くなった。昔はそうでなかった。現実に貧しい人に金品を送っている人も少なかったし、それを黙って見ているだけの私たちは「あの人は偉くて、自分はそうではない」とはっきり感じていた。

私の母は金持ちではなかったが、一族や知り合いに家庭的に不運な人がいてお金に困っているという話を聞くと、よく自分で布団を縫って送っていた。今と違って当時布団は多くの家庭が自分で作ったものだったのである。古い着物の布などをきれいに洗い張りして布団皮に使うのだが、これがまた一仕事である。手で洗いあげた後、板に張りつけて乾かす。それを布団皮として縫い上げると、座敷に拡《ひろ》げてその上に、これだけは布団屋さんに打ち直してもらった綿を置いて後から閉じる。綿埃《わたぼこり》が立つので母は頭に日本手拭いを被《かぶ》り、時々私にも要所要所を手伝わせたが、私は布団作りというものはほんとうに埃っぽくていやなものだ、と思っていた。しかし温かくて軽い布団を人に贈るのはいいものだとは感じていたのである。

何故《なぜ》今の日本人たちが、簡単に自分は優しい人間だと信じるようになってしまったかというと、まず国家・社会が組織的に困窮者を救う手だてを作って、本当に飢え死にをするような人を出さなくなったからである。その上にあちこちに困った人を助ける手段も出来た。

「赤い羽根」や日赤の募金は、自分のお金がどこに、いつ、どのように、送られたのか実感がないので私は避けるようになったが、それでも百円でも「赤い羽根」の箱に入れれば、自分が善行をしたような気分になれる。ほんとうはこの点が善人の陥る危険な要素なのだが、世間はそうは言わない。昔は母のように布団を縫って送るような技術がなければ、弱い人を助けるという機会は、全国の寺社の門前とか、繁華街の橋の上とか、駅前とかで、地べたに座って缶詰の空き缶をおいて金を乞うていた乞食に、十銭、二十銭と恵む他はなかったのである。

人間は放っておけば、どこまでも鈍感に残虐になる

近代の日本人は、お恵みでも生きて行ける社会に多くの場合いたのである。もちろん昔

はそんなことを言っていられなかった。杉田玄白《すぎたげんぱく》は天明の飢饉《ききん》の際の惨状について次のように書いている。

「またある人の話では、そのころ陸奥《むつ》の国にあった、何とかいう名前の橋に通りかかったところ、その橋の下に餓死した者の死体があった。

ところが、その死体を切り取り、股の肉をかごに盛ってゆく者があるので、いったいそれをどうするつもりなのかたずねたところ、その者は、これを草木の葉にまぜ、犬の肉だといって売るのだと答えたそうである。

このように、まことにあさましい年だったので、国々の大名や小名は、みな心を痛め、飢饉を救おうといろいろ手を尽くされたのだが、天災の力は、とても人力では及びもつかず、この前年からこの年にかけて五畿・七道で餓死した人の数は、いったい何万人あったか、その数が知れないということである。まったく恐ろしい年だった」

飢饉や地震の直後、人々が食にも住にも不自由し、野犬のようにうろつくということは今でも生じ得る事態なのである。しかし我々はいつのまにか信じられないほどぜいたくになっていた。

阪神・淡路大震災の時には、震災後三日間パンばかり配られたと言って文句を言った人がいた話は前にも書いたと思う。三日目にはせめてにぎり飯かお茶漬けを食べたいと思うのは、私も同じである。しかし現存する国家のどれだけが、まったく火を使わずに即座に食べられるパンを、しかも袋に包装された衛生的な状態で配給することができるか。一番貧しい国では、おそらく被災者は放置される。やや貧しい国では芋、豆、穀物の類を配る。すると多くの被災者は、それを調理する場所、器具、燃料に苦慮する。生の豆を齧《かじ》るということは普通はできないのである。その点だけ見ても、すぐに食べられる衛生的な食物を配ることのできる日本は大した組織力を持った国家なのである。

人間は放っておけば、どれだけでも鈍感に残虐になる。食べ物がなければ、こうして屍肉でも食べたり売ったりする。そこまで行かなくても、決して自分が手に入れた食べ物を分けようとはしない。母なら子に食べさせるかというと必ずしもそうではないのである。

女たちは平然と殺した

日本人の体験しない残虐さに、部族の対立というものがある。

一九九八年、アフリカのルワンダに行った時、私はそこで初めて虐殺というものの現場を見た。アウシュヴィッツも虐殺の現場だが、強制収容所は有刺鉄線で区切られた特別の場所だった。しかしルワンダの現場はごく普通の村の中だったのである。

ルワンダでフツ族がツチ族に対して大規模な虐殺を行なったのは、一九九四年の四月から六月にかけての約百日間である。ルワンダはベルギーがその植民地としていた時代に、少数部族であるツチ族の優遇政策を取り、彼らに多数部族のフツ族を治めさせた。そのしこりが残っていて一九七三年にはフツ族がクーデターによって政権を取り、それを不満とするツチ族との間に一九九〇年からは内戦が続いていた。一九九三年には和平が成立したが、一九九四年フツ族の大統領とツチ族の首相が相次いで殺害されたのをきっかけに、大規模なフツ族によるツチ族の虐殺が始まった。

私たちは陸軍の兵隊に守られて首都キガリからそれほど遠くない地方に出たのだが、そこには屋根も焼け落ちた教会の廃墟があった。虐殺が始まった時、多くのツチ族たちは教会を心理的な避難場所とした。教会は平和の家であるはずだったし、同じ信者仲間がたくさんいれば安心なような気がしたのだ。

しかしことはそんなに簡単には解決されなかった。およそ考えられる限りのあらゆる人が、広い意味で虐殺に加担したのである。

『ルワンダ　そんなにイノセントではない』という告発の書は主に女性たちが殺戮《さつりく》の主力をかって出たケースを集めたものだが、それによると、虐殺に加わったのは、大人の女性ばかりではなく、十代の娘たちもであった。彼女たちは平然と、女性や子供や男までも殺した。進んで殺戮に加わった者もいれば、脅されてそうした人もいた。彼女たちは、顔見知りも通りかかりの人も殺した。彼女たちは教会や病院など、弱い人たちが逃げ込んだ場所を取り囲み、山刀や爪のついた棒や槍で血祭りに上げた。傷ついた人たちに止《とど》めを刺すために、さらに教会や学校やフットボールの競技場に乱入した。止めを刺しただけでなく、彼女たちは死者の服や装飾品を略奪した。死者の多くは裸で埋められた。

ツチ族を大量虐殺した人々がなぜそういうことをしたのかという要因を特定することはできない、とこの本は書いている。無学な村の女たちも、教育を受けた指導的な立場の女性も共に同じ残虐的な行為に走った。教師、公務員、看護婦などが、ツチ族の名簿を、この虐殺を組織化していた民兵や地方公務員に渡した。その名簿に記されていたのは知らない人や他地方からの流れ者ではなかった。それらは、彼女たちの隣人であり、仕事の同僚であり、自分の親族である場合さえあった。

ツチ族を庇《かば》うか庇わないかで、家族の中にも地獄が出現した。ある妻が匿《かくま》うことを承認した人を、その夫が追い出したケースもある。別の妻はツチ族の妻を匿っていたよその夫を密告した。女性も男性もまったく同じように、追われている人たちに冷酷であった。自分の娘がツチ族の男性と結婚しているフツ族の女性の中には、ツチ族の義理の息子や、自分の血筋をも引いている混血の孫を匿うことさえ拒否した人もいた。

女性たちは隠れている人たちの名を暴《あば》き出し、彼らを焼き殺す石油を供給することさえした。二人の女性閣僚の存在意義は、虐殺を遂行することと、政敵を倒すことの二つだったと言われている。女性教師、視学官、修道女までが、虐殺の片棒を担いだ。女性の権力者の家庭では、その息子、運転手、共同経営者さえも虐殺を積極的に助けた。

ルワンダでも、女性や若い娘たちはこうした異常事態の被害者だったのではないかと見られている節《ふし》がある。しかしルワンダの虐殺でもっとも確実に狙《ねら》われたのは、富裕で教育を受けているか、若くて体力的に優《すぐ》れているかで、将来ツチ族の政権を手にするだろうと思われた青年たちであった。

憎しみは一つの生きる情熱であるということ

私たちが訪れた村には、一つの教会の廃墟があった。屋根も焼け落ち、壁も銃弾や手榴弾《しゅりゅうだん》の跡でボロボロだった。恐ろしいことには、そこにはそこで死んだ人骨の一部まで残されていたのである。それは多分に虐殺記念館的な意味で放置されていたとも考えられる。

乱雑な教会の中は、殺されるまで数日か数時間か、そこで生活していた人がいたことを示していた。布団、プラスチック製の水タンク、おもちゃの破片などが転がっていた。それらは焼け焦《こ》げ、血か汚れで色が変わっていた。私は一つのプラスチック製の水タンクを取り上げて見た。果たしてそこには銃弾によるものと覚《おぼ》しい穴が開いていた。もし完全なものなら、略奪を目的としていたフツ族の女たちが見逃して行くはずもなかった。

そこで殺された数十人か数百人の人たちの遺骨は、教会前の広場に作られた納骨堂に集められていた。それは半地下式のもので中へ入るかとたずねられたので、私は頷《うなず》いた。するとそこにいた男の一人が、入り口にかけてあったブルーのカバーを取った。

その瞬間、私が今までにかつて一度も嗅《か》いだことのない強烈な死臭が襲って来た。私は作家だったから、職業カメラマンと同じで、どのような事態でも平静に正視しなければならない、という一種の義務感はあった。

私は階段を下りて行った。その下には二段に分けられた棚があって、そこに無数の頭蓋《ずがい》骨《こつ》が並べられていた。骨は自然に腐敗したものを収容しただけで、日本のように火葬されたものではなかったから、その鼻を衝《つ》くような死臭は死者たちの言葉のように私には感じられた。語るべき口も舌も失った彼らは、最後の手段としてやって来た無責任な「見学者」の私たちに、臭気で自分たちの悲惨な最期を訴えているようだった。

同行の新聞記者や霞《かすみ》が関《せき》の官庁からの人たちも無言だった。私は逃れるように階段を上がりながら、若者たちをこんな場所に入れたのは間違いだったのではないか、と思った。それが医学的に正しい判断かどうか知らないのだが、私はこんな所へ彼らを入れたら肝炎に罹《かか》る恐れがあるのではないかと考えたのである。

外へ出てから私たちはそこで家族全部を殺されたという男の人に会った。「私もカトリックなので、日本語で祈りを唱《とな》えます」というと彼は喜んでくれた。私は「主の祈り」を唱え始めた。

私は今まで何度この祈りを唱えたかしれない。悲しみが深くなったことはあっても、私はいつも静かに祈りを唱え終わることができた。しかしその時だけただ一度、私は、「われらが人に許す如く、われらの罪を許したまえ」と言った後で絶句した。私はその祈りの言葉の中に一つの可能性として私の究極の姿を、眼前に見た思いがしたからだった。

フツ族だけが残忍だったのではないだろう。憎しみは一つの生きる情熱なのである。どんなにきれいごとを言っても、人間には、他者と共に在《あ》る喜びと、他者を殺して自分だけが生き残る満足とがあるのだろう。

私が祈りを中断したのを後から救ってくれた男性の声があった。それは読売新聞社のヨハネスブルク支局長だったというが、私はその後もこの日のことについて、彼と語ったことはない。

21章　「自然」——森の恐怖

自然とはどうつきあうべきか

最近の日本人の自然に対するべっとりした信仰の厚さに出会うと、私は何と言って応対をしていいかわからなくなる時がある。つい先日も私は、新聞の投書欄で「自然はとにかく何も手を入れず、そのままにしておくのが一番いいのだ」という意味の投書を読んだ。実は私も、自然愛好者なのだ。何かと言うとすぐ都会を離れたがる。しかしそれは大変なぜいたくだということを知っている。私は自然の恩恵だけ受けて、その攻撃的な部分は受けないようにして暮らせるのだから、である。

何が苦手と言って私は社交が一番疲れる。パーティーというものにはほとんど行ったことがない。多数の、まだよく性格のわからない相手と、心の本質に迫《せま》った話ができるものではない、と信じているからである。そしてすぐに海の傍《そば》の家に逃げるように出かけてしまう。昔はここでせっせと畑作りにせいを出した。今は正直なところ、そんな時間はほとんどない。しかし毎日、ほんの数分ずつにせよ何度か庭に出て海を眺める。相模《さがみ》湾は夕映えの艶やかさで有名な所なのだが、一日として同じ夕陽を見ることがないのに驚嘆する。それはどこかで信仰と繋《つな》がると思うほどの感動である。

しかし私は他の日本人と同じように根っからの自然愛好者とは言えない。なぜなら普段は都会の暮らしをしているからだ。

都会がいかにすばらしいものか、ということについては、私は『都会の幸福』という本を書いているくらいだが、その理由は、第一に、都会には実にたくさんの人がいるから、少しくらい得意なことがあっても思い上がる隙《すき》がないからである。つまり「このことでは一番」などということにならないのである。私たちは絶対に失ってはならない謙虚さを保つ上でそれは大切な要素だ。

第二に、都会ではどんな暮らしをしようと他人がそれに口出しをしないという点である。本家が自分の家族の生き方を非難したとか、村の婦人会が勝手に決めた日の寄り合いに出ないと悪口を言われる、というような恐怖政治がない。都会では人は皆自分自分の生活のテンポを持っていて、それが種々雑多だということを頭に叩《たた》き込まれているから、共同の行動などほとんどできないものだ、と知っているのである。

もちろん私が海の傍の家に逃げ出すのも、いわゆる自然回帰の一つの現われである。都会は幾何学《きかがく》的な線によって作られた世界だ。ビルの輪郭も、窓縁も、住人が使用する道具も、すべて人工の線によって、端正に、そしてやや非人間的に作られ、材質も自然そのものではないものが多い。無垢《むく》で無節の板のように見えて実は合板であり、大理石のようでいて実は私流に言うとニセ大理石であったりする。他の材質はメタリックであったり、人工皮革だったりする。

自然を脅威と感じない人々

一時代前の人間の住まいというと、幼い頃私が住んでいた日本風の家などは、瓦《かわら》と木と土壁と竹と紙でできたものであった。樋《とい》だけがあかと呼ばれた銅だったが、欧米人からみたら「原始人の家」という感じだったろう。畳表も藺草《いぐさ》でできていたわけで、ウールやナイロン製の絨毯《じゅうたん》ではない。夏になるともちろん冷房などない時代だから、涼しさを演出するためにも障子《しょうじ》を葦戸《よしど》と言われる空気の流通の可能なものに取り替えた。部屋の中は薄暗くなり、確かに少しは空気の流れもよくなるかもしれないが、はっきり違うほど涼しくなる、というものでもなく、中の様子は覗《のぞ》き放題である。つまりプライバシイなどというものは誰も期待していなかったのだ。

ただしその頃の都会の空気は、今より確かに涼しかった。自分の家の中だけ冷やして、外に暑い空気を放出するというエアコン・システムの身勝手さがなかったからである。こうした「自然派」の家は、おかげで換気は実によかったが、寒いことも天下一品だった。そのような天然素材で建てた家は、どこか意識の底で自然と繋がっていたように思う。もちろん木と土壁と紙でできた家でも、やはり自然には抵抗するもので、時々屋根から雨漏りがすることはあっても、私は幸せなことに、生涯に一度も雨に濡れたまま眠ったことなどない。しかしこの程度の家では自然の気配はいやというほど、家の中に入りこむ。

今先進国に生きる人たちは、自然を脅威と感じたことはほとんどないのである。もちろんたとえばアメリカにはハリケーンも竜巻《たつまき》もあり、ネパールには雪崩《なだれ》もあり、地震も各地にあるけれど、それでもそうした土地から、すべての住民が撤退する、ということもない。耐震建築はかなりの震度に耐えられ、寒い土地では家が寒気から守ってくれる、と信じている。そしてそのついでに、森も「人に優しい」ものだ、と感じている。

「人に優しい」自然などない

私は最近はやりの「人に優しい」という言葉を聞くと、いささかぞっとする。人に優しい、という言葉から私が連想するのは「エレベーター」「末期癌《がん》の患者に使われる微妙な量の調節をした麻薬」のことくらいだ。

森とか、砂漠とかいうものは、実に人に優しくないものなのだ。それはどちらも魔物のように不気味だし、いつも牙《きば》を隠している。どちらも、人道や獣道《けものみち》のないところに迷い込めば、方向がわからなくなる。森は太陽を遮《さえぎ》るだろうし、砂漠は一度風が吹けば、今しがた自分が来た足跡も消してしまうから、方角を訂正することもできない。つまり後戻りもできなくなるのだ。

私たちにはまったく忘れられている野獣の危険というものは、今でも残っている。かつてアフリカのマラウィやモザンビークの内戦で逃げ出した人々は、子供の手を引き、頭の上に、僅かな家財道具を載せて、どちらでも安全と思われる方向へ逃げた。先進国にも時々「切り裂きジャック」のような異常な危険人物が現われるが、アフリカでは政府軍も反政府組織もどちらも同じように、敵対する部族や立場の人を、火をつけて焼き殺したり、トラクターでひき殺したり、八つ裂きにしたりした。残忍な行為は双方同じだった、という。

恐れおののく無力な人たちは、自分の村を逃れて何日も歩き続けた。これがいわゆる難民の発生である。「難民」の定義は、外部的な力で、自分たちが本来住んでいた所から移動させられた人たちのことをいうのである。

彼らはコンパスがあるわけではなく、地図を持っているわけでもなかった。とにかくどちらの方角でもいい、一歩でも殺戮の場所から遠のけばいいという感じで歩き続けた。そしてそのうちの一部の人たちは、アフリカの各地にある野生動物保護区域にいつのまにか入り込んでいた。この保護区域というのは、時には東西南北に数十キロ、時には数百キロに及ぶこともあるほど広大である。

そこで人々は、ライオンに食い殺されたのだ。人間の残虐を逃れれば、野生の動物に殺される。自然を保護していれば、人間は当然のことながら、その自然のからくりやそこで生きている野獣の餌食《えじき》になる。さまざまな動物を運動機能だけで比べて見れば、人間ほど能無《のうな》しはない。人間は、跳躍の力もなく、走る速度も遅く、爪にも歯にもほとんど攻撃に使えるような強力な力はない。人間は地面に潜ることも、水中をすいすいと泳ぐことも、木に上って枝から枝へと飛び移ることなどもできない。人間は羚羊《れいよう》にも、縞馬《しまうま》にも、熊にも、鰐《わに》にも、蟻《あり》にも、らっこにも、猿にも劣《おと》るのである。

砂漠も怖いが、森もどれほど怖いものか、現代の都会人には想像もつかない。そこは一旦迷い込んだらよそ者には簡単に出られない場所であり、山蛭《やまびる》や蛇《へび》が潜《ひそ》んでいることも多い。熱帯雨林では、人間が生存しにくいほど蚊《か》に苦しめられる。野生が主となる空間は、人間を襲う獣や虫の類もたくさんいる所である。その上、昔はそこは山賊の巣窟《そうくつ》でもあったのである。

森は決してただ快いだけのものではない

森へ行けば快い森林浴ができるなどというのは甘い発想なのである。自然の森は怖い。熊や狼《おおかみ》が出るのが森なのである。ある種の森には道がない。道、それも自動車道路とか、簡単に歩けるような道がついている森は、本当の森ではないのだ。日本人が気楽に入り込むような森は、富士山麓の樹海のような特殊な場所でない限り、人工的に作られた森なのである。

私はヨーロッパに住んだこともないので、森の原型を充分に体験するだけの時間もなかったが、森は英文学ではロビン・フッドという無法者が住んでいたとされる歴史的過去を持った場所であった。ロビン・フッドは日本語で言えば、山賊だ。愛されているというイメージを持つ山賊だが、やはり無法者であることに変わりはない。最近では、アジアの南半球の海域に出る海賊の中に、ロビン・フッド型のものが現われるようになったという話を聞いた。彼らが秘密の根拠地とする村の人たちに、どの程度か知らないが掠奪《りゃくだつ》した金品を「義賊」まがいに分配しており、警察が彼らを取り締まると村単位の反乱が起こるので、手を出し兼ねているというのである。しかし恐らくこれにはもっと裏がある。たとえば取り締まる側の官憲がどこかで海賊と通じているので、犯人を検挙できない口実にしている、と見ることもできるのだ。

私は先進型の国家が、途上国の自然破壊をもたらしたし、今もなお破壊し続けている、という論拠に異を唱えるものではない。しかし多くの住人に教育がなく、人間の権利というものの観念もないので、容易に自分の住む自然を、他の利潤追求者の手に譲り渡してしまっている、という一般論も必ずしも妥当《だとう》ではないと思う。私たちが軽薄にも、享楽《きょうらく》的便利な生活、都会型の機械化された暮らし、遊びにも勉強にも都合のいいインフラの整備をしきりに求めたように、町から離れた村の人々も都会化、近代化を求めたのだ。どうして彼らだけがそれを求めないことがあるだろう。森や荒野を売り渡した代償に、彼らもまた何分かの分け前には与《あずか》ったのだ。

森の進退、森の売買を決める重さ

自然にまったく手を入れないでいる状態の人間の生活も悲惨なものだった。川は氾濫《はんらん》するのが普通だし、ダムがなければ電力も水も不足した。私たちが停電をほとんど経験しない、という世界的には珍しい恩恵に浴しているのは、水力か、原子力かによる発電所のおかげである。めったなことで洪水に見舞われることもないのは、日本人が治水を国の生命を守るものと知って、昔からその用意をしていたからなのである。

ダムも原発もなしに、水と電力を確保しろと言っても、それは不可能であろう。「もうダムは要らない」と言うのはかっこいいことだが、その場合でも、そう言う人たちはすでに完成しているダムから直接・間接に電気の恩恵を受けて、そう言っているだけの話だ。

自分は町に住み、すぐ近くに森があって、そこに私でない人たちが住んでいることが、もっとも願わしいことだ、という空気がある。町に住む者は、エアコンの効いた部屋でテレビを見、温かい風呂に入れる。しかし森に残る人は、蚊だらけの土地で、降るような星空の下で、原始の音を聞いている。それでいいのだろうか。それがいいのだろうか。私は簡単に答えを出すわけにはいかない。

熱帯雨林で産する熱帯材を使わない運動に、私は全面的に賛成だ。私は暑さ寒ささえ防げれば建材など何でもいい。しかし日本が熱帯材を買わなければ買わないでまた、どうして買わない、という文句が出ることも必定だろう。なぜなら、どこの土地でも現金が要る。他に大して売るものがなければ、なおさらのことだ。私たちは、歴史的に森から出て来た。その出自《しゅつじ》の重みを忘れずに論議をしないと、子供の話になる。

22章　「民主主義」——大樹の下の長老たち

民主主義はすべてに通用する絶対的なものか

古来、人間社会は権威から成り立った。人間が数人かたまって暮らすようになると、自然に指導者ができた。ライオン、猿、その他いろいろの動物を見ても、群れを作る習性のあるものは必ず指導者ができるらしい。

私たち日本人は、近年、群れの長を作ることを非常に嫌うようになった。ヒトラーのような独裁者は誰の眼から見ても非人間的な政治体制を作って人間を抹殺した。ロシア人は王室の人々を惨殺して新しい国家体制を作った。イギリス人はダイアナ妃を好きだったらしいが、王室には点が辛い。イギリスの王室が文化の伝統を守る上でも外交上でも、大きな働きをしているにもかかわらず、しばしば「金食い虫」扱いである。

「独裁者」という観念を日本人は徹底して嫌っている。しかし一方で、指導力に欠けることは悪いことだ、という概念も持っている。しかしこの二つの性向は相容《あいい》れない要素を含む。指導力ということは多かれ少なかれ独裁的な要素を持つはずなのだが、それは承認したくないのである。

およそ強力な組織を持つものはすべて民主主義だけではやって行けない。教会、軍隊、あらゆる芸術を伝える組織・団体では、本質の部分では民主主義が入り込む余地はない。もちろん組織は人が作っており、その人たちは本業の他に遊びもすれば、生活もする。そうした部分では、誰もが平等の楽しみや恩恵に与《あずか》って当然なのだが、たとえば、華道の家元では、昨日弟子入りしたばかりの新人は、やはりまず挨拶《あいさつ》をすることだの、高弟の言いつけに従うことだの、稽古《けいこ》場の掃除や片づけをさせてもらうことから学ぶのである。社会は民主主義であらねばならないのだから、最初の日から自分にも花をいけさせろ、ということにはならない。

世界のほとんどが、民主主義でやってはいないことはすでに一部述べたが、日本の知識人でも、世界は疑いもなく民主化の方向に動いている、いや動くべきだと信じている人がいる。しかしそれは実態をまったく見ていない証拠である。

人生の多くのことは、「待つ」以外に解決法はない

先日もアフリカの田舎の村々を移動する時の話が出た。その日私は知り合いのシスターの案内で、隣村に住むジョンというクリスチャンのお百姓さんの家を訪ねることになって

いた。道路事情はいいとは言えないが、まあシスターの持っている小さな四輪駆動で行ける程度の悪路なので問題はない。しかし私たちはただちに道を走り出すというわけにはいかない。こちら側の村外《はず》れには、小さな傾きかかった小屋のような「駐在所」があって、そこに警官がいる。そこで、隣村のジョンを訪ねるために出かける、という一種の証明書を書いてもらってから出発しなくてはならないのだ。

ところが警官がいるはずの駐在所にはしばしば警官がいないのである。これは世界中よく見られる光景だ。勤務中でもどこか知人のところで喋りこんでいたり、近くの大木の下の快い日陰で午睡をむさぼっていたり、私の友人の推定によれば、どこかで長い長い排便の時間を楽しんでいたりするに違いない、ということになる。

私たちはそこで待つのだ。十分か三十分か二時間か、誰もわからないがとにかく待つのである。誰に聞いても警官がどこへ行ったか知っている人はないのだし、筋道を立てて理由を説明することはアフリカの風土の中では極めて異例のことだからである。それに人生の多くのことは、待つ以外に解決法はないのだ。するとやがて警官はどこかからおもむろに現われる。

彼は、足がぐらぐらするような埃だらけの机の上で「鉛筆舐《な》め舐め」という感じで、私たちが隣村へ行くための証明書なる紙きれを作る。字が書けることだけでも結構お得意になれることだから、書けることを見せびらかすような感じでゆっくりと書く。これでやっと出発の用意が整うわけだが、これだけにゆうに二時間近くを要することもざらである。話が脇道にそれるが、ほんとうに世界の公務員は実に「人間的」だ。中米の国境の田舎の村では、ごく普通の入国の手続きをしてくれるだけなのに、眠そうな係官は突然私たちに「ビール代をくれるかね」と言った。まるでビールを飲まないと書類を読むことができないような調子だった。

東欧では橋の上に駐屯《ちゅうとん》していた兵隊が、私たちの車を止めた。

「ちょっとした問題があります」

と彼が言うので、私たちは一瞬緊張した。すると彼は小声で、

「問題というのは……われわれはタバコを切らせています。あなたはタバコを持っていますか?」

と言ったのである。つまり彼はタバコをねだったのだ。それもこれもすべて公務員の給与水準が低くて、生活できないほどに貧しいからで、私は怒る気にもならない。

ある村での儀式

さて隣村に着く。シスターはジョンの家がどこにあるかよく知っている。だから日本人的感覚だったらそのまままっすぐ彼の家に向かえばいいのだ。しかしアフリカではそうはいかない。私たちはまず村の中心の広場のような所に向かう。大木が繁って涼しい風が吹き通り、鶏があちこちを歩き廻《まわ》り、どこかから山羊、ロバ、赤ん坊の声などが聞こえる広場だ。そこに村長や他の村の長老が坐っていることが多い。椅子は誰かの手作り、つまり原始的なものだが、日本人の好事家《こうずか》は民芸品として結構な値段で買うかもしれない。

私たちはそこで、村の「お偉いさん」に「ご領地の中のジョンの家にまいります」と挨拶するのだ。「おおそうか、それはよく来た」という意思表示が胡麻塩髭《ごましおひげ》の中の笑顔に見えれば、私たちはそこで村内の立入りを許可されたわけである。中には、そこで儀式のようなことをする習慣のあるところもあって、私を驚かせた。

村長さんの奥さんと紹介された人が、一種独特の巫女《みこ》のような口調でシスターに何かを聞くのである。するとシスターが独特の調子で「ヘェー」と答える。私は小さな声で「何を言っているんですか?」と尋ねた。すると挨拶として儀礼的、儀式的問答を行なうのが

仕来《しきた》りなのだ、と言う。たとえば、

「あなたのお父さんとお母さんはお元気ですか?」

と言うようなことを村長夫人が聞くらしい。

「ヘェー(はい)」

と訪問客(この場合はシスター)が答える。

「あなたのお兄さんとお姉さんはお元気ですか?」

「ヘェー」

「あなたの弟さんとお妹さんはお元気ですか?」

「ヘェー」

この一連の問答が終わらないと、ことは始まらない。一般にアフリカの村長の、その土地における地位は大変高いもので、感覚としてはアメリカの新聞記者たちがアメリカの大統領に対して、「ミスター・プレジデント」などと気安く呼び掛けるような気分はまったくない。私など最大級の敬意を態度で示すことに努力する。

その後に場合によるが、私たちは贈り物の交換をすることもある。私の方に何も持ち合わせがなければ、自分用に持っているブローチかイヤリング(旅行となると、私は落としてもいいようにひどい安物を持って歩くのだ）、新品のハンカチ一枚くらいを慌ててきれいな紙に包んで夫人に贈るくらいのものだが、それに対して先方は生きた鶏を最高三羽もくれた時がある。足をふん縛《じば》られた鶏は、私たちの乗って来た四駆の後部座席に入れておくのだが、私はかわいそうで、早くシスターのいる修道院の庭で放してやりたいと思う。しかしシスターたちだって祝い日には、その鶏を締《し》めて食べるのである。

自我を持てない人たちの民主主義は悪質な衆愚政治のリスクも孕《はら》む

民主主義がほとんど全世界に通用しており、もしそうでなければそれは恐ろしく意識的に「遅れた国家」であるというような考えは、それこそ現実を見ていないものである。もし民族や部族の自立を願うなら、彼らが長い間続けて来た政治形態にも、それなりに充分な敬意を払うべきである。それは各国の民族衣装のようなものだ。

外国人は、日本の着物を見て、よくあんなに体を締めつけて着続けていられるものだ。背中にお太鼓《たいこ》を結ぶなんて、傴僂《せむし》に見えるだけで美しくない、という。

私たちはインドのサリーを見て、あれで肉体労働をするときにはどうするのだろう。肩にかけたサリーの端っこが落ちて来て、さぞかし働きにくいことだろう、と余計な心配をする。しかしその民族は、長い間それでやって来たのだ。

もちろん私たちにとって民主主義は理想だから、それはいいものだよ、と言い続けることは極めて自然である。しかし世界中で、民主主義を実行することは、現状では極度にむずかしい。第一の理由は、識字率が低い、教育が普及していない、従って自分自身の考えを持つことができない、ということである。自我を持てない人たちがいるところでは、民主主義は、むしろ悪質な衆愚統治になり、却《かえ》って独裁的な指導者に利用されることになる。しかしアフリカ型の村長支配では、それほど際立った愚かな人物が村長になる可能性は薄いような気もするのである。

長い間日本人は、社会主義国家は、民主主義よりもっと人民の力が強いものだ、と教わって来た。誰がこんな間違いを教えたかというと、日本社会党と、当時の朝日、毎日、読売などの全国紙、それとそうした固定観念に捕らわれた進歩的文化人や日教組系の教師たちであった。

しかし社会主義国ほど、思想、表現、勉学、居住、信仰などの自由を弾圧した国はなかった。そしてまたそれらの国ほど、党の実力者が人民の眼の届かないところで強大な権力や富をほしいままにしているところもなかった。今でもそうした国では「情報公開」などというものは、たわけた発想でしかない。すべての新聞はまだ党の統制のもとに置かれているのである。

民主主義が可能な国は一握りしかない

私の知人は、東洋史の学者で、それゆえに研究のために始終中国に行っていた。最近の中国はオリンピックの誘致を意識して、町もきれいになり、トイレも整備されて来たが、（それでもまだ時々水の出ないトイレがあるが）十年、二十年前の中国では、いわば観光地になっている有名な遺跡の近くのトイレでも、ドアはなく、汚物は丸見えで、もちろん手洗いの水などもない所はいくらでもあった。少し遠隔の地になれば、ホテルも不備なものだった。

その学者は決してそうしたことに文句を言う人ではなかったが、ある時、一人のガイドがいかにも気の毒そうに言った言葉を私に紹介してくれた。

「○○先生。今度いらっしゃる時は、特権階級としていらしてください。そうすれば、もっといい宿泊設備もあります」

特権階級などという言葉は、日本では死語に近い。閣僚や代議士先生たちは確かに特権階級だが、私は国民の代表なのだから、当然だと思っている。第一そうでもされなければ合わないほど忙しい生活をしている。

しかも日本の政治家の特権など、たかがしれている。それは日本の社会が基本的に民主主義的だからだ。しかしベルリンの壁が崩壊した後も、旧社会主義国は旧態依然である。少なくとも充分にその臍《へそ》の緒《お》を残している。

人口十億人のインドもヒンドゥの国で、これは階級制度そのものの国である。イスラムを信じる諸国はこれまた民主主義とは縁がない。キリスト教国だけは、その神父たちの組織は民主主義とは言えないが、教義は充分に民主主義を受け入れる素地を持っている。しかし世界中で、民主主義が可能である国などほんとうに一握りしかない、ということを私たちは改めて若者たちに教えねばならない。

23章　「死」——死者の俤《おもかげ》

自分の生死、他人の生死の重さとは

昔、私の知人のシスターがフランスで会議を開いた。よくカトリックを知らない人に、修道会というのは仏教でいう宗派なのですか、と聞かれるのだが、そうではない。教義も解釈も祭儀も全世界まったく一つなのだが、修道会がたくさんあるのは、それぞれの活動の目的が違うからである。俗世との関係を絶《た》って厳しい沈黙のうちに祈り働くことに専念する会や、子女の教育を受け持つ会や、病院や老人ホームなどを経営する会や、途上国に宣教に行く会など働く分野によって分かれているのである。

知人のシスターの会は、途上国の遠隔の地に入って、キリスト教の信仰の下に医療行為や教育を行なうのを目的とする会であった。しかしシスターたちといえども、通常の女性たちの集まりと変わりはない。ヨーロッパやアジアの先進国では修道院でも定年制を敷いて余生は引退して暮らしているところもあるから、高齢者の生活はいかにあるべきか、ということも、「年次総会」の話題になる。するとアフリカから来たシスターの一人が言った。

「うちの国では、高齢化の問題なんかないのよ」

「そんなにうまくやっているの？」

私の知人は言った。アフリカの人たちは家族の結束が固いから、家族や親族の誰かが高齢者のケヤーをしているのだろう、という推測をしたのかもしれない。するとアフリカから来たシスターはこともなげに言った。

「だってうちの国では、あなたたちの言う高齢になる前に皆死んじゃうもの」

このあっけらかんとした言葉には、重い事実が隠されている。エイズの蔓延《まんえん》によって平均寿命が三十歳代になった国もある。しかしそうでなくても、多くの途上国では、人はそんなに生きないのだ。

重労働の末、子供二人を残し結核で逝《い》った若者

私はいつもいつも、崇高と言いたいほど、静かに儚《はかな》く黙した三人の死者のことを思いだすのであった。

一つは、ボリビアのサンタ・クルスという町の郊外の光景である。その付近には、炭鉱のある山の地方から、たくさんの労働者が流入した。炭鉱の不況はどういう理由によって

生じたものか、私は正確には説明を受けた記憶がない。しかし世界的に理由は大して違いはないだろう。閉山したのか、首切りがあったのか、とにかく多くの食べられなくなったインディオの労働者たちは、町へ行けばなんとかなるだろう、と考えて、ある人は家族共々、ある人は単身で出稼ぎという形でサンタ・クルスへ出て来たのである。私たちから見れば、いささか寂れた町なのだが、サンタ・クルスはボリビア第二の都市である。

もちろんそこに夢のような幸運が待っていてくれるなどということはまずない。単身で出て来た者は、寂しさに荒れてアルコール浸《びた》りになる。家族を伴って来れば、食費がその分余計にかかるから、子供に食べさせて親はろくな栄養も取らずに重労働に従事するようになる。その結果、結核が彼らを襲う。

私の知り合いのイタリア人の神父は、こうした結核患者たちの生活を長い年月見ていた。数年ぶりで会った時、彼は私に、前回私が会った誰と誰が妻子を残して死んだ、ということを言った。私はそれらの人々の存在感を数年経ってもはっきりと覚えていたので、帰りに墓地を通りかかる時、墓参りをしたい、と言った。すると神父は喜んで墓地の前で車を止めてくれた。

私の会った一人の人は三十三歳で、子供二人を残して死んだのであった。「常に神と家族を深く愛した」と墓碑には書いてある。

神父は、その墓地に眠っている多くの人たちの友人だったから、彼らの生涯を心に深く留めていた。

「この人も、三十三歳、この人は三十八歳、この人は四十二歳、この青年は十八歳」

と神父は歩きながら死者の年を私に伝えた。もっと複雑な話もしたかったのだろうが、神父はイタリア語とスペイン語しか話さず、私のスペイン語の知識では死者の年齢くらいしかよくわからない。詳しい身の上話は、日本人の神父が落ち着いて通訳してくれる時にだけ、理解できた。

その中には結核ではなく、悲惨な死に方をした人の墓もあった。この男は同じ村に住む幼い少女をレイプしてそれが発覚し、村人たちに撲殺《ぼくさつ》されたのである。もう一人の青年は、埋葬されたその日に死体を盗まれた。多分、墓守が大学病院とひそかに通じていて、金欲しさにその夜のうちに死体を掘り起こして売ってしまったのだろう、と推測されている。もちろん警察はそんなことを調べる気もないから、真相は闇の中である。

墓地で死者を語るのは神父だけではなかった。七、八歳の女の子も、人なつっこく私たちにとりついて、墓と墓の間を歩きながら時々立ち止まって歌うように言うのであった。

「この子も、私の友達だったけど、死んじゃったの。この子もよ。この子も死んだの」

墓地は彼女の遊び場なのか、と私が思った時、日本人の神父が私に解説してくれた。

「子供がたくさん死ぬので、埋める場所がないんですよ。ここならいいかと思って掘り起こすと、前に埋葬した子供のお棺が出てくるんです。ですからその間に割り込むか、前の古いお棺を適当に片づけてスペースを作るかするから、埋葬も大変なんですよ」

無知と貧困が、釘《くぎ》を踏んだ彼女の短い生を閉じさせた

二番目の光景は、昨年秋、インドのヴァナラシ（ベナレス）で見たものである。そこには聖なるガンジス河で沐浴《もくよく》し、死の日を待ち、死者を火葬し、死者の遺骨を流すために、多くの人が集まって来る。

火葬のための河岸は決まっているが、そのすぐ背後には、巨大な薪の山がどこにも見られない奇怪な光景を見せていた。金持ちは充分な薪を買えるが、貧乏な人はつい燃料をけちるから、生焼けの遺体を河にそのまま投げ込むこともある、という説明を受けたこともある。河岸に到達する道は、普通の貧しい民家や小商店の間を曲がりくねるように通じて

いるが、そこを日に何体もの死者が、男二人に担がれた担架の上に、布に包まれ花を撒《ま》かれた姿で通る。私が見た葬列では、年取った女性が一人、かなり太い薪を担《かつ》いでその後に従っていた。もちろんその薪一本で死者が焼けるわけではないから、その一本の薪はいわば家族や親族の愛惜、悲哀などの象徴であると思われた。

炎を上げている幾つかの火葬場の河岸で、私たちは、しゃがみこんでいる男二人だけに付き添われた小さな遺体を見た。担架で小道を運ばれて来た成人の遺体は女性だったのか、金襴《きんらん》の布で覆われていたが、河岸のコンクリートの上にじかに置かれていた小さな子供の遺体は白い布で包まれただけだったので、てるてる坊主を見るようだった。子供の死者は火葬しない。錘《おもり》を付けて河に沈める、と聞いている。

私はその子の死因を尋《たず》ねた。何とか英語が通じて、付き添っていた男の一人が「破傷風《はしょうふう》(テタヌス)だった」と答えた。「釘を踏んだんだ」ともう一人が言い添えた。破傷風は、嫌気性の菌《きん》で、水中や土中にいる。初めは風邪のような症状を見せるが、そのうちに顎《あご》が硬くなって口が開きにくくなるともう危ないという。しかし破傷風は今では何とか打つ手がある病気だ。予防のためのワクチンもあるし、初期の症状が出た時にすぐに医者にかかれば、死には至らないで済む。死者は少女だというが、貧しい環境にいたのだろう。無知と貧困が彼女の短い生を閉じさせた。生きていても地獄のような生活を味わったのかもしれないが……それでも子供は生きたかったであろう。

三時間半の悪路、有料の救急車……そして産婦は死んだ

三番目の光景は、一つの小屋である。場所はマダガスカルの途方もない田舎であった。日本人のシスターが一人で看護婦兼助産婦としてそこに住み込んで診療に当たっていた。私がそこを訪ねた時、彼女は自分の修道院兼「医師のいない小さな診療所」からほんの一、二分で行ける岡の上の、石と土でできた小屋に連れて行ってくれた。それが入院室だったのである。何しろバスもなく、自転車も持たない近隣の人たちが病気になると、私たちのように簡単に通って来ることもできない。

小屋にいた患者は火傷《やけど》をした男性であった。日本で考えるような完全な消毒もできない。皮膚の移植をするお金も設備も技術もない。しかしその男の人は、かなりひどい火傷だったにもかかわらず、どうにか生命を取り止めたのである。彼は小屋の外まで出て来て（中は電気もないから、明るい戸外からいきなり入ったらよく見えない状態であった）私

たちににこにこと笑顔で挨拶した。誰もが体験する回復期の幸福に満ち溢れているようであった。

しかしシスターはちょっと悲しそうな顔をした。数カ月前、その小屋で一人の産婦が難産で死んだのであった。都会なら、すぐ救急車で大病院に運ぶ。しかしここには電話もなく、一番近い都市からはたった五十キロくらいなのだが、車でも片道三時間半はかかる悪路が続いている。それに前にも書いたように救急車は無料ではないから、食うや食わずの産婦の家族には払うことができないのである。苦しみ通して産婦は死んだ。シスターは「私が見たわけじゃありませんけれど」と断ってから「村では遺体から胎児を取り出す習慣だそうです」と話してくれた。

入院室の小屋は遠くから見ると、眩《まぶ》しいほど明るい日差しを受けた岡の中腹に穏やかに収まっていた。ここでも運が生死を分けていた。苦痛に耐えて力尽きた産婦は死に、火傷の男は、苦しんだには違いないが、生命を手にした。そんなドラマがあったことなど、私たちは知る由《よし》もない。日本では充分な医療が受けられないことは、国家や病院を訴えるほどの大きな理由だ。しかしアフリカやその他の多くの国では、手を尽くされずに死ぬ運命の方が普通だ。

自分の生命や運命を全世界に匹敵《ひってき》するほど、重大なものと思うな

私たちは自分の生涯を大きく感じる。それは当然である。家族の運命も重い重いものだ。しかし遠い土地に住む、見知らぬ人の運命に対して同様に感じることはなかなかできない。しかし私たち人間の生活の原型は、病と不運に倒れるものだ、という姿は今でも変わっていないのである。

「なにごとであれ人生に起こることに驚く者は、なんと笑止な、悪しき意味で常人とかけ離れた人間であることか」

そう言った人がいる。私たち日本人が意識の中で「基本的人権と文化的な生活」を当然のものとし、もしそれ以外の状況に「驚く」ならば、その人こそ「笑止な人間」だということになる。そして同じ人物はこうも言う。

「されば、この世に生きることは、決して一大事の数に入れられるべきものではあるまい」

これは他人の生を言っているのではない。当然のこととして、自分の生涯もまた大事の数に入れられない、と言うのである。右記二つの言葉はマルクス・アウレリウスの『自省

録』の中の言葉だ。

そしてもう一人の哲学者は言う。

「ものごとを軽く見ることができるという点が、高邁《こうまい》な人の特徴であるように思われる」

そう言ったのはアリストテレスである。この言葉は現代では誤解の元となる。しかしこれも、誰か他人の生命や運命を軽く見よ、ということではない。むしろ、自分の生命や運命を全世界に匹敵するほど、重大なものと思うな、ということであろう。人間の生命の原型は、私の心に焼きついた三つの光景の中に集約されている。私はそれを決して忘れまいと思うのだ。

自分は日本に生まれたから、手厚い看護を受けられて当然だ。そしてもちろん将来、すべての人が手厚い看護を受けられることを目指すべきである、と現代の人は疑いもなく考える。しかし現実は決してそのようにはならないだろう。その時、私は自分の生涯や死を、この地球上の多くの痛ましい死と同様に軽く見られるようになりたいのである。

24章　「生」――源流に立つ

原点はどこにあるのか

この本の最終章を、再び赤茶色の大地と、当惑したように葉先をかしげているバナナ畑の見える赤道直下のアフリカの土地で書くことになったのは、偶然にしても不思議な気がする。

今、私はウガンダにいる。ここは私が訪れた百十カ国目の国である。ここでも赤茶色の土は、すばらしいパイナップルを産するに適した土地であることを示しているし、どの家の裏庭にもバナナが気楽に生《は》えているということは、端的に言って、この土地には飢餓《きが》がない、ということの表われである。

しかし昨日私たちは、首都カンパラから西方に八十キロほどの土地へ日帰りの調査にでかけた。まずジンジャ地方の教会の教区の活動としてやっているエイズ・クリニックを訪ねる、と知らされた。

エイズ・クリニックと聞いて読者は、どのような大きさの建物を想像するのだろうか。私たちが着いたのは、せいぜいで十畳敷《じょうじき》ほどの面積の煉瓦《れんが》建てのドアもないみじめな小屋だった。屋根はトタン葺《ぶ》き、中には机も椅子《いす》もない。

裏へ廻《まわ》ると、日本では夏の海の家で使われている葦簀《よしず》に似たものが張りめぐらされ、その何もない草の生えた地面の空間が、それぞれ血液検査室《ブラッド・テスト》とか相談《カウンセリング》ルームになっているだけだ。もっともその囲《かこ》いの中の空間がそうだ、ということはレポート用紙にそう書いて、客である私たちがわかるように葦簀に差しておいてくれただけである。それでもここでは比較的安く七十円くらいでＨＩＶがプラスかどうか検査してもらえる、というから仕《し》合《あ》わせだ。

もっとも結果がわかることがいいことかどうかは、この土地でも簡単ではない。案内者の一人は、「この土地では、男性より女性の方が開放的だ」という言い方をした。夫が畑に出たり、ヴィクトリア湖で漁をしたりしている間に、妻は男友だちと秘密の逢瀬《おうせ》を楽しむ。電気もない、冷蔵庫もない。従って冷たいビールもなければ、温かいお湯に入れるような設備もない。村には五、六平方米《メートル》の雑貨屋があるだけで、喫茶店もブティックも美容院も映画館も銀行も郵便局も何もない。あるのは、泥を塗《ぬ》りかためたか煉瓦を積んだ壁に、草かトタンで屋根を葺《ふ》いただけの六畳一間くらいの小屋と、せいぜいで納屋《なや》のついた民家があるだけだ。セックスは文化のあるなしを超えて神が用意された偉大な快楽であろう。

しかし男友だちからうつされたエイズがわかれば、妻に殴《なぐ》る蹴《け》るの暴力をふるう夫もいる。この土地はクリスチャンが多いと言いながら、一夫多妻でもあるのだから話は複雑だ。

私たちは近くにいるエイズ患者の家を訪ねた。半年前まで彼は舗装《ほそう》用の砕石《マカダム》を割る労務者であった。一日中椰子《やし》の葉をのせた小さな日よけの下で、カチンカチンと手で石を割って骨材《じゃり》を作る。それでもらう賃金は、一日二百五十円程度だった。年齢は二十七歳。妻との間にアレックス・モバジという名の四カ月になる男の子がいる。

日本の巨大な砕石場には通常眼につくところにはほとんど人気《ひとけ》などない。採石山から持って来られた岩は昼夜をわかたず機械で砕《くだ》かれ、それぞれの大きさを自動的に計られ選別され、貯蔵される。カチンカチンと手で割るなどということを、日本人は誰も考えない。

病人は土間《どま》の入口に近いマットレスの上に寝ていた。私たちと会うにも、起き上がっていられないほど衰弱《すいじゃく》していた。声は呼吸困難に影響されて、切れ切れだった。私は病人の家の外で、案内してくれた土地の牧師さんに、妻と子供が病気をうつされていないかを小声で尋《たず》ねた。二人はまだ検査をしていなかった。一家の働き手が寝ついてしまえば収入がなくなるのだから、妻は七十円の検査代も出すのも惜《お》しい、と思っているだろう。

牧師さんは、自分たちは一歳四カ月未満の幼児には検査をすすめていないのだ、と言った。出る結果が、幼なすぎると不正確ということもあるし、アフリカの多くの土地では、エイズだとわかると、親たちは子供に食べものを与えなくなってかわいそうだからだ、と言う。貧しい家族にとって、食料は、生きる可能性のある者だけに食べる権利があるのだ。

もっとも、アフリカは沈黙の大陸だ。こうしたことがらを、ヨーロッパ人のように、軽々しく整理して語るということをしない。知恵は祖先から、自然から、無言のうちに伝えられるものなのだ。

「我《われ》がちに」こそ人間の本性

私たちの同行者の若い世代の中には、アフリカの田舎《いなか》の人々が、日本の自動車の車庫よりも小さい泥の小屋で暮らしていることを信じていなかった人がいた。彼は知識としてそうした小屋があることを、絵や、写真や、土産《みやげ》もののテーブルクロスの図柄などで知っていた。しかしそれは、アフリカのエキゾチシズムを誇張してみせるために、故意に素朴《そぼく》に描かれた光景だと思っていた。

今度初めてアフリカに足を踏み入れて、彼はそうした小屋こそ、この大陸全体に拡《ひろ》がる普通の生活であることを知った。この土地には中産階級というものがない。ほんの一つまみの富裕な人々と、絶対多数の、動物と紙一重の暮らしに留《とど》まっている人たちがいるだけだ。

子供たちに、東京の菓子問屋から安く買って来たキャンディを分けようとした我々は、また新たな困難を発見した。子供たちは袋の中身を、平等に分けるということができなかった。渡されたキャンディの袋は手にした子供が一人占《じ》めにしようとする。それに対して他の幾人《いくにん》かの男の子と女の子が体当たりした。さらに数人、十数人がその奪い合いに加わろうとして駆けて来た。土埃《つちぼこり》が上がり、地面が微《かす》かに揺れたようにさえ感じられた。

甘いものが来た、ということは、サメが血を嗅《か》ぎつけたように、バナナと砂糖キビとマニョク薯《いも》の畑の間を伝って行ったのだろうか。子供の数は更《さら》にふえた。ついに村の指導者のような男性と、先生のような女性が現われて子供たちをしずめた。しかし列を作らせることはできなかった。「我《われ》がちに」こそ人間の本性の自然なのだ。そして列を作るなどということは、どこか人間が動物の条件を失った結果なのであろう。

すべての人が、その人が存在する任務を負《お》っている

ここにあるのは何もない暮らしだ、と私は書いた。しかし、それも正確ではない。ここには彼らの生まれ育った大地が確固としてある。彼らの母たちが、出産の苦しみの中から生み落とし、しなびた乳房《ちぶさ》をふくませて育ててくれた我が家の暮らしがある。兄弟は、土間に敷いた薄べりの上に、仔豚《こぶた》のように折り重なって眠った。外には満月の夜もあった。人間の影を、人間その人よりも明瞭に浮かび上がらせる月光が躍《おど》っていた。

そして彼方《かなた》にはヴィクトリア湖が光っていた。アフリカの只中《ただなか》の、海に面した港がない故《ゆえ》に恐らく貧しさから脱し切れない国で、彼らの本職は漁民なのだ。

ヴィクトリア湖。ナイルの源流。クロコダイルの産卵地。ウガンダのムセベニ大統領は精悍《せいかん》な顔にちょっと悪戯《いたずら》っぽい笑いを浮かべながら、当節ウガンダでクロコダイルの養殖をしている民間企業について語った。クロコダイルなど昔は決して食べなかったものだ。自分の部族は魚もニワトリも食べない。ニワトリを食べると魂もとび上がるようになるからだ。人間はクロコダイルの皮を塩漬けにして輸出するし、肉は牛肉よりも高い値段でカンパラのレストランに卸《おろ》す。長い年月、クロコダイルに食われて来た人間の、それは

「リベンジ」だと思う、と大統領は言った。

「ところで、リベンジ、を日本語では何と言うかな?」

「カタキウチ、でしょうか」

と私は教える。「復讐」ではどうもおもしろくないのだ。

「おおきに」

と大統領は、大阪《おおさか》弁で礼を言った。クロコダイルの革は実に高いので、養殖場は銃を持った女警備員を数人配置していた。今ヴィクトリア湖のクロコダイルは養殖池で飼われて、怠惰《たいだ》な体臭を立てていた。

なぜ私は日本に生まれ、そして彼らはウガンダに生まれたか。偶然に、と私は言うほかはない。私は今の私に生まれるために、何一つしなかった。努力もせず、対価も払わなかった。それを私は偶然と言ってはばからなかった。

しかし、私はこの世の天国に生まれたのだ。もしも私が自分の生活を、そのように評価する才能があれば、である。私は当然のように教育を受け、移動や旅行を楽しんだ。私は空腹を味わわず、不潔に耐える暮らしもしなかった。私の周囲は、正直で才能があり、勤勉で知的な人ばかりだった。偶然に……。

しかしその「偶然に」という言葉を、ある日、私は一人のカトリックの神父にたしなめられたことがある。

「偶然。ほんとにあなたはそう思っているの？　そんなことはないよ。すべては神の計画だよ」

すべての人が、この地表の、その存在の地点で、その人が存在する任務を負っているというのだろうか。

人間が人間になれるとき

ヴィクトリア湖の傍《かたわら》の村の、砕石を仕事にしていたエイズ患者の枕許《まくらもと》で、私は首につけていた「聖母の不思議のメダイ」をはずして渡した。彼がその痩《や》せた手でメダイを握ったので、私は一緒に聖母の祈りを唱《とな》えた。彼は間もなく死ぬかも知れない。そして今は元気そうに見える彼の十代の妻も、最悪の場合は子供を残して死ぬだろう。アフリカ大陸は両親をエイズで失った子供たちでいっぱいだ。彼らは悲しくても淋《さび》しくても、眼をいっぱいに見開いてあまり泣かない。彼らはアフリカの澄んだ漆黒《しっこく》の夜から、一人耐えることを学んだ。

「エイズで両親を失った子供たちのためには、どこに孤児院があるのですか」

と私は土地の案内者に尋ねた。

「孤児院はありません。誰か身内が、お祖母《ばあ》さんとか、叔母《おば》さんとかが、引き取って育てています」

不遇な子供たちが、どこか一カ所に集められている、ということの方が不自然なのだ。不幸な子供たちは、父母の思い出のある土地のどこかに埋没しているのが自然なのだ。

そしてたまたま、もう十年も前に、父をエイズで失ったという青年は言うのだ。

「ウガンダの年寄りたちは、大切にされているか、って？　もちろん年寄りたちは尊敬されてますよ。長く生きて来た人たちだからね。それに何より、僕はお祖母ちゃんが好きだよ。なぜってお祖母ちゃんは、僕のお祖母ちゃんだからさ」

そうだ、すべては偶然ではない。私の前には母がいて、母の前には祖母がいた。そうした人々が、肉体と魂の双方で、喜びと悲しみにまみれて生きて来た。喜びは悲しみのちょっとしたアクセント、飾りだったような気もする。

むしろ彼らは耐えて来たのだ。傷の痛み、出口の見えない空腹、防ぎようのない寒さ、理不尽《りふじん》な虐殺、を耐えぬいて来たのだ。それより他にしようがなかったからだ。

ヴィクトリア湖のナイルの源流の近くの村にいた時、私たちの中に、ある種の感慨《かんがい》が流れていた。それは誰しもが——若い人々までが——恐らくナイルの源流に再び立つことはあるまいという思いに捉《とら》えられたからだった。

私たちは誰もが限られた生を生きる。

しかし源流に立ち、原点を観《み》る者は幸《さいわ》いなのである。人は歴史と詩によって、縦と横を生きる。縦の彼方《かなた》にも、横の深奥《しんおう》にも原点がある。それにしっかりと繋《つな》がれている時だけ、人間は人間になれるのである。

本書は、二〇〇二年二月、小社より単行本・『原点を見つめて』として
発行された作品を文庫化したものです。

一〇〇字書評

切り取り線

購買動機（新聞、雑誌名を記入するか、あるいは○をつけてください）	
□（　　　　　　　　　　　　）の広告を見て	
□（　　　　　　　　　　　　）の書評を見て	
□ 知人のすすめで	□ タイトルに惹かれて
□ カバーがよかったから	□ 内容が面白そうだから
□ 好きな作家だから	□ 好きな分野の本だから

●最近、最も感銘を受けた作品名をお書きください

●あなたのお好きな作家名をお書きください

●その他、ご要望がありましたらお書きください

住所	〒				
氏名		職業		年齢	
新刊情報等のパソコンメール配信を 希望する・しない	Eメール	※携帯には配信できません			

あなたにお願い

この本の感想を、編集部までお寄せいただけたらありがたく存じます。今後の企画の参考にさせていただきます。Eメールでも結構です。

いただいた「一〇〇字書評」は、新聞・雑誌等に紹介させていただくことがあります。その場合はお礼として特製図書カードを差し上げます。

前ページの原稿用紙に書評をお書きの上、切り取り、左記までお送り下さい。宛先の住所は不要です。

なお、ご記入いただいたお名前、ご住所等は、書評紹介の事前了解、謝礼のお届けのためだけに利用し、そのほかの目的のために利用することはありません。またそのデータを六カ月を超えて保管することもありませんので、ご安心ください。

〒一〇一‐八七〇一
祥伝社黄金文庫編集長　萩原貞臣
☎〇三（三二六五）二〇八〇
ohgon@shodensha.co.jp

祥伝社黄金文庫

祥伝社黄金文庫　創刊のことば

「小さくとも輝く知性」――祥伝社黄金文庫はいつの時代にあっても、きらりと光る個性を主張していきます。

真に人間的な価値とは何か、を求めるノン・ブックシリーズの子どもとしてスタートした祥伝社文庫ノンフィクションは、創刊15年を機に、祥伝社黄金文庫として新たな出発をいたします。「豊かで深い知恵と勇気」「大いなる人生の楽しみ」を追求するのが新シリーズの目的です。小さい身なりでも堂々と前進していきます。

黄金文庫をご愛読いただき、ご意見ご希望を編集部までお寄せくださいますよう、お願いいたします。

平成12年(2000年)2月1日　　祥伝社黄金文庫　編集部

原点《げんてん》を見《み》つめて　それでも人《ひと》は生《い》きる

平成18年9月10日　初版第1刷発行

著　者　曽《そ》野《の》綾《あや》子《こ》
発行者　深澤健一
発行所　祥《しょう》伝《でん》社《しゃ》
東京都千代田区神田神保町3-6-5
九段尚学ビル　〒101-8701
☎03（3265）2081（販売部）
☎03（3265）2080（編集部）
☎03（3265）3622（業務部）
印刷所　萩原印刷
製本所　明泉堂

造本には十分注意しておりますが、万一、落丁、乱丁などの不良品がありましたら、「業務部」あてにお送り下さい。送料小社負担にてお取り替えいたします。

ISBN4-396-31412-4　C0195

祥伝社のホームページ・http://www.shodensha.co.jp/

曽野綾子の本

◎生きていることがうれしくなる一冊！

運命をたのしむ 幸福の鍵478

すべてを受け入れ、少し諦め、思い詰めずに、見る角度を変える……
心が自由になる生き方とは

◎何が幸いか、何が強さか、何が愛か

現代に生きる聖書

「……しかしとにかく私は聖書によって自分を創られました。
これほど画期的な変化はありませんでした」（本書「はじめに」より）
聖書から得る、かくも多くのものとは

祥伝社黄金文庫

曽野綾子の本

曽野綾子の本

◎人と会うのが楽しみになる！

敬友録

「いい人」をやめると楽になる

縛られない　失望しない
傷つかない　重荷にならない
疲れない〈つきあい方〉を紡いだベストセラー

◎人と、そして自分と向き合う勇気が出てくる！

安心録

「ほどほど」の効用

失敗してもいい　言い訳してもいい
さぼってもいい　ベストでなくてもいい
息切れしない〈生き方〉のすすめ

祥伝社黄金文庫